LE SECRET DU TSAR

C. C. MAHON

O - OLGA

Olga reprit connaissance alors qu'on la tirait par les cheveux. Elle voulut crier, mais un chiffon enfoncé dans sa bouche l'en empêcha. Elle voulut se débattre, mais elle était entravée. Il faisait sombre. Quelque part derrière elle, une lampe produisait juste assez de lumière pour révéler un pilier de bois brut, et beaucoup, beaucoup d'obscurité. Olga se tordit pour se retourner, sans parvenir à voir qui la traînait. Le sol de bois grossier était rugueux. On la jeta sur le plancher, face contre le sol. Une nouvelle corde enserra ses chevilles. La corde se tendit et la souleva, les pieds d'abord, jusqu'à ce que la jeune fille soit pendue tête en bas, comme une volaille à l'étal du boucher.

La comparaison fit naître une nouvelle vague de terreur dans ses tripes, et elle se contorsionna de plus belle. Elle ne parvint qu'à se donner la nausée.

Une silhouette pénétra dans son champ de vision. Elle voulut demander qu'on la relâche. La silhouette ignora ses grognements.

La lumière de la lampe se refléta sur la lame du couteau. On empoigna Olga par les cheveux, lui tira la tête en arrière si fort qu'elle sentit ses vertèbres craquer. Le métal mordit dans sa gorge, et le sang chaud lui coula sur le visage. On lui retira le bâillon, mais elle ne pouvait plus crier. La silhouette recula de quelques pas et sortit du champ de vision de la jeune fille. Déjà, la lumière disparaissait. La dernière pensée d'Olga fut pour ses parents, qui ne sauraient jamais ce qu'il était arrivé à leur fille. Personne ne le saurait jamais.

Son âme quitta son corps, et le calvaire commença.

1 - NINA

— Tantine Nina, raconte-nous ton histoire, dit la petite fille.

Nina considère l'enfant, avec son visage trop pâle et ses grands yeux noirs.

— Encore ? Vous l'avez déjà entendu mille fois. Et si je vous racontais l'Oiseau de Feu, aujourd'hui ?

— Non ! s'écrient les enfants d'une seule voix.

— On veut ton histoire, reprend la petite fille. Parce que celle-là, elle est vraie. S'il te plaît.

Nina sourit. Une petite douzaine d'enfants pâles l'entourent. Au-dessus d'eux, le ciel de novembre est limpide. Loin, tout en bas, la Neva gelée reflète le soleil d'automne. Nina s'installe dans un coin des remparts, au calme, et fait signe aux enfants de s'asseoir à même le sol. Puis elle commence :

— Il y a très longtemps, dans une ville très loin d'ici, vivait un jeune prince. Un jour sa mère, son frère et lui furent attaqués par la foule de leurs sujets. Le prince, terrifié, parvint à s'enfuir. Mais il en vint à détester les hauts murs de son palais, et les rues sales de sa ville. Il rêvait d'ailleurs, d'horizons dégagés, d'air pur et de mœurs policées.

Des années plus tard, devenu tsar, le prince décida d'abandonner la ville et le palais pour construire une nouvelle capitale, ici, aux confins de son royaume et du royaume ennemi, dans un marécage sur lequel la nuit règne la moitié du temps, dans le froid et la glace. Personne ne comprit jamais la raison de cette étrange décision. Enfin, presque personne.

J'ai seize ans, en cette fin d'été 1709, quand je découvre Saint-Pétersbourg.

Nous avons marché plus de deux mois depuis que nous avons quitté mon village, Mikhaela, moi et quelques dizaines d'autres serfs. Les soldats qui nous encadrent nous ont guidés jusqu'à un autre groupe de serfs, puis nous avons rejoint un véritable convoi d'hommes et de femmes, tous destinés à servir le tsar dans sa nouvelle ville. Une capitale resplendissante, nous promet-on, à l'architecture exotique venue d'Europe, où les belles gens n'arpentent pas les rues vêtues de costumes russes, mais parés d'atours à la française. Pourtant, ce soir-là quand je quitte enfin la forêt de bouleaux, je ne découvre qu'un vaste marécage traversé par les bras d'une rivière que le soleil couchant embrase de ses feux.

La ville s'étend sur les berges de la rivière, la Neva, et sur deux petites îles. Ce n'est pas la capitale luxueuse qu'on nous a chantée, mais un amas de maisons de bois, les pieds plantés dans la boue des marais et la tête entourée de nuées d'insectes et de miasmes malsains.

Le convoi compte mille serfs. Du moins nous étions mille quand les soldats nous ont tous rassemblés, au début du printemps. Mais certains se sont enfuis à la faveur de la nuit, lorsque nous traversions une forêt profonde. D'autres ont essayé, et l'ont payé de leur vie. L'eau d'un puits en a empoisonné plusieurs. On y a retrouvé un cadavre d'animal, mais il était trop tard. Nous avons continué à marcher. Le convoi est principalement composé d'hommes jeunes et dans la force de l'âge, qui devront travailler à la construction de la ville. Mais il comprend aussi des femmes, destinées à servir au palais.

Un vent frais apporte une odeur nouvelle : la mer. Un soleil rouge se lève sur la dernière journée de notre voyage. L'horizon est embrumé, l'air humide.

Ce matin, les soldats nous organisent par spécialités : les charpentiers, les ouvriers qualifiés, les manœuvres... Les femmes sont mises ensemble, et notre convoi pénètre enfin en ville.

Une collection de bâtiments en bois, la plupart en

construction, s'élève d'un sol boueux. L'air bruisse d'insectes, résonne de cris. Une activité chaotique encombre les rues. Je n'ai jamais vu autant de gens à la fois. J'entends des accents inconnus, et des mots totalement incompréhensibles.

Les ouvriers viennent de toutes les régions du pays, me confie un soldat, et même de l'étranger. On dit que l'empereur vient d'engager un architecte italien, en plus des Hollandais.

— Regardez-moi ça, dit-il avec un geste du menton en direction d'une immense maison à deux étages, personne n'a jamais construit comme ça dans notre sainte patrie.

Nous longeons des rues larges, au sol inégal pavé de rondins. Des tas de matériaux de construction, des charrettes et d'étranges machines tout en poutres et cordages empiètent sur la chaussée.

— De la chair fraîche, s'exclame un homme juché à trois mètres au-dessus de nous, à califourchon sur une poutre de charpente. C'est pas trop tôt.

Notre groupe traverse ainsi la ville, ou plutôt l'immense chantier. Je n'ai jamais vu autant de maisons, autant de gens.

Puis le groupe ralentit, et finit par s'immobiliser. Les autres serfs derrière moi continuent d'avancer, me bousculent et me poussent contre ceux qui me précèdent.

On ronchonne, on proteste, et la cacophonie recouvre le bruit des travaux. Puis les soldats se font entendre et rétablissent l'ordre à coups de crosse de fusil. On patiente, debout, serrés les uns contre les autres, dans les odeurs étranges du lieu, mélange de sève, de sciure et de pourriture.

On attend des heures ainsi. Quelque part à l'avant de la colonne on avance un peu, assez pour que le reste d'entre nous parvienne à s'asseoir au beau milieu de la rue. J'entends des cris, des insultes depuis les rues adjacentes. Des gens veulent passer. Mais personne ne bouge.

Notre tour vient, on se lève, on reprend nos baluchons et on avance. Les bâtiments s'effacent soudain alors qu'on débouche sur une immense place vide. Non, pas une place, un quai. Face à nous, une armada de bateaux, et pour la première fois de ma vie je découvre...

— La mer !

Mon exclamation n'a pas échappé au vieux soldat qui nous fait avancer comme un troupeau de bestiaux vers le marché.

— Ça, petite, ce n'est pas la mer, mais l'embouchure de la Neva. Et vous, vous allez en face, à la forteresse.

— Une rivière ? Si large ?

— Et encore, là tu la vois à la fin de l'été. Attends de voir ce que ça donne à la fonte des neiges. L'eau est si rapide, le courant si fort qu'il charrie des arbres entiers que l'on a tout juste le temps d'apercevoir avant qu'ils disparaissent dans la Baltique. On dit que c'est pour ça que le tsar a interdit la construction de ponts dans la ville, parce qu'ils seraient emportés par le courant. Mais je n'y crois pas. Je pense que c'est pour mieux contrôler qui va où dans ce bourbier de capitale.

Il commence à bougonner dans sa barbe, mais Mikhaela attire son attention avec un de ses sourires ravageurs. Depuis que nous avons quitté notre village, il y a plusieurs semaines, ce sourire a conquis le cœur de tous les soldats qui nous ont menés jusqu'ici.

— Pas de ponts ? fait mon amie. Mais vous avez dit que nous allions sur l'autre rive…

Le soldat nous désigne les bateaux qui oscillent sur l'eau gris plomb.

— Vous allez toutes à la forteresse, dit-il. Un bateau après l'autre.

L'horizon est plat, gris et dégagé à droite et à gauche. Mais face à nous s'élève le plus gros bâtiment que j'ai jamais vu. Plus grand que la maison de nos maîtres, plus que les palais en construction autour de nous. Des murs immenses, des tours…

Mikhaela s'accroche à mon bras alors qu'on nous répartit devant différentes files d'attente. Je lui agrippe la main et nous parvenons à rester ensemble. J'ai promis à sa mère de veiller sur elle.

J'ai soif et l'air moite me colle à la peau. Une bourrasque venue de la mer apporte un peu de fraîcheur et des odeurs inconnues. Le soleil se rapproche de l'horizon, comme décidé à se plonger dans les eaux gris plomb. Enfin, notre tour arrive, et on nous pousse sans ménagement vers un bateau.

Je suis parfois montée dans une barque, sur la rivière près du village. Rien à voir avec ça. Ce bateau est énorme, avec des voiles et plusieurs rames de chaque côté de la coque. Le plancher monte et descend sous mes pieds, comme soulevé par la respiration d'un animal monstrueux. On nous fait avancer jusqu'à l'autre extrémité de l'embarcation, et je me retrouve pressée contre le bord du bateau, séparée de l'eau par quelques planches à peine. Le bateau bouge de plus en plus au fur et à mesure qu'il se remplit de passagères. Je m'accroche des deux mains au rebord de bois, et Mikhaela s'accroche à moi. Elle me serre le bras trop fort, mais j'ai moi-même les doigts blancs et paralysés sur le bois.

Les marins crient et le bateau s'éloigne du quai. Je ferme les yeux et commence à prier. À côté de moi, Mikhaela ronchonne d'une petite voix :

— Quelle idée d'interdire la construction de ponts dans une si grande ville ! Quelle idée…

Je me saisis de la question dans l'espoir de me distraire

de ma terreur et de la nausée qui me gagne.

Pourquoi interdire les ponts?

Parce que les arbres charriés par la rivière au printemps risquent de casser les ouvrages? Je n'y connais rien en architecture, mais il me semble possible de construire un pont assez haut pour qu'un arbre passe sous ses arches. Quand on est tsar, on peut tout faire.

— Peut-être que la rivière est trop large pour construire un pont dessus, dis-je, plus pour faire la conversation que par conviction.

— Dans ce cas ce n'est pas la peine de les interdire, me fait remarquer Mikhaela avec à-propos.

Le bateau bouge de plus en plus, de haut en bas, de droite à gauche et d'avant en arrière. Le vent me rabat les cheveux sur le visage, mais je ne lâche pas le rebord. Je vais être malade. Si j'en crois les bruits autour de moi, je ne serai pas la seule.

Soudain on me tire par la manche.

— Nina, regarde cette belle maison qu'ils construisent au bord de la rivière! s'extasie Mikhaela.

Je me force à rouvrir les yeux et suis le doigt de mon amie, pointé vers la rive que nous venons de quitter.

La foule des serfs en attente sur le quai est encore dense, mais derrière cette masse humaine s'élève une construction plus haute et plus massive que toutes les autres. Je compte deux étages percés de grandes fenêtres, et la toiture sur laquelle travaille toute une armée de couvreurs est elle aussi percée d'ouvertures vitrées. Des colonnes blanches soutiennent ce toit, mais ce qui attire l'œil, c'est surtout la couleur de la façade entre ces colonnes et ces fenêtres : un vert vif, presque bleu, étincelant sous le soleil.

— Je me demande qui vit là, murmure mon amie d'une voix rêveuse.

— Pour le moment, je dirais personne. Regarde, le toit n'est pas à moitié terminé, et la plupart des fenêtres n'ont pas de carreaux.

— Les fenêtres n'ont pas de carreaux chez tes parents non plus !

— Mes parents ne vivent pas dans un palais. Les vitres du manoir du seigneur en avaient, tu le sais mieux que moi.

Mikhaela travaillait à la cuisine de notre ancien maître. D'après la rumeur, notre maîtresse aurait chanté ses vertus de cuisinière à l'officier venu réquisitionner les serfs. L'occasion était parfaite pour se débarrasser de cette trop jolie blonde au sourire trop avenant.

— J'aurais bien aimé travailler dans ce beau palais vert comme le printemps, murmure Mikhaela.

Je me retourne vers la forteresse dont la masse de pierre nous domine désormais.

Le mur, gris sombre dans le contre-jour, s'élève si haut que seul le faîte des toitures en dépasse. Toitures dont il manque encore une partie des tuiles. Y a-t-il un seul bâtiment qui ne soit pas en construction dans cette ville ?

Une rafale venue de la mer fait tanguer notre bateau. Je referme les yeux, et je prie la Très Sainte Mère de Dieu pour garder le contrôle de mon estomac.

Un choc me fait perdre l'équilibre et je me rattrape au rebord. J'ouvre les yeux. Nous sommes à quai. La forteresse nous domine de toute sa hauteur.

2 - BODEN

Boden sort un mouchoir de sa poche pour essuyer son couteau. Il verse un peu d'eau dans son bassin de bois et se lave les mains et le visage. Il se sèche rapidement et enfile une chemise propre. Avant de refermer la porte de sa cabane, il jette l'eau rougie de sang au pied du rempart. Puis il retourne aux cuisines.

Gallina crie des ordres dans tous les sens. La matrone tient les cuisines d'une main de fer, et ce matin tout particulièrement. Le convoi des serfs est arrivé en ville. Dans quelques heures au plus, Gallina va recevoir de nouvelles filles de cuisine, et peut-être, si la chance lui sourit, une ou deux personnes compétentes. Dès qu'elle aura dans les mains la liste des serfs destinés à son petit royaume, elle sautera sur Boden pour qu'il la lui lise. Pour le moment elle houspille les travailleurs dont elle dispose déjà pour qu'ils rangent, nettoient, balayent, astiquent. Elle est comme ça chaque année quand, au milieu de l'été, les nouveaux serfs parviennent aux portes de la capitale. Gallina attend de ses subordonnés qu'ils donnent le meilleur d'eux-mêmes, et pour cela elle veut démarrer sur de bonnes bases. Sa cuisine doit être impeccable. Le travail des nouvelles recrues sera de nourrir une garnison, une armée d'ouvriers et à l'occasion le tsar et sa cour. Mais elles devront aussi maintenir la cuisine dans une propreté parfaite. Et pour les en convaincre, rien de mieux que de leur montrer l'exemple. Boden s'installe dans un recoin pour observer l'agitation.

Demyan et Feliks, les deux préposés aux cheminées, récurent les immenses âtres. Été comme hiver, les cheminées sont toujours allumées — sauf ce matin. Les deux jeunes garçons, couverts de suie et de cendre des pieds à la tête, ramonent, grattent, balayent et trimbalent de pleins seaux de cendre qu'ils vont jeter de l'autre côté des remparts, au bord de l'eau.

Gallina avise Boden :

— Te voilà, vieux brigand. Où t'étais-tu caché ? J'ai besoin de toi.

Il traverse la vaste pièce pour rejoindre la matrone. Lentement, en exagérant le poids des ans sur ses jambes, affichant ce sourire de vieillard bienveillant qui désarme toutes les récriminations. Quand on atteint un âge aussi vénérable que le sien, on y découvre certains avantages.

Gallina le regarde approcher, et il devine la frustration et l'impatience de la matrone. Il sent son sourire s'accentuer. Gallina n'est pas une mauvaise femme, mais il convient de lui rappeler, souvent, qu'elle n'avait pas sur Boden les mêmes pouvoirs que sur les autres serfs. Qu'elle respecte un peu ses aînés, et ne prenne pas de mauvaises habitudes.

— Que puis-je pour toi, chère Gallina ?

— Je ne peux rien rôtir tant que ces fainéants n'ont pas terminé de nettoyer les âtres. Ce midi, la forteresse mangera froid. Il y a des pots de hareng mariné dans la réserve. Mets-les à dessaler, et découpe-les. Ensuite tu t'occuperas des légumes.

Boden étouffe un soupir en songeant que sa chemise propre va sentir le hareng saur, et se dirige, à petits pas rouillés, vers le garde-manger.

3 - NINA

Nous quittons le bateau, sous les quolibets des marins et des soldats qui moquent nos peurs et nos estomacs fragiles.

La forteresse s'élève sur une île aussi boueuse que la ville que nous venons de quitter.

De près, je prends la mesure des blocs énormes qui forment le mur. Entre le pied des défenses et les flots de la Neva, une mince bande de terre humide piétinée par les dizaines de passagères qui nous précèdent. Je me tords le cou pour regarder le haut des remparts, mais ne découvre rien que le ciel, dans lequel les nuages défilent à toute vitesse.

Puis nous passons les énormes portes et pénétrons dans un tunnel de pierre grise, lisse et humide. Une autre paire de portes, similaires aux premières, nous laisse enfin découvrir l'intérieur de la forteresse du tsar.

La cour est immense, mais encombrée de maisons, d'abris et de tentes, si bien qu'il m'est impossible d'en voir l'entièreté. Ici résonnent des cris, des coups de marteau, des chants de travail et des exclamations exotiques.

Un soldat me presse d'avancer, et j'entends derrière moi les portes se refermer avec un bruit retentissant.

Je n'étais jamais entrée dans un château auparavant. Je ne savais pas à quoi m'attendre, mais je n'imaginais certainement pas le chaos qui nous accueille.

Si la muraille extérieure est sévère, avec ses énormes blocs de pierre grise, l'intérieur de la forteresse est un étrange assemblage de constructions de pierre, de bois, de toile, et de zones de chantier sur lesquelles grouillent les ouvriers malgré l'heure tardive. Un groupe d'hommes passe devant nous. L'un d'eux avise Mikhaela :

— Bienvenue à la forteresse Pierre et Paul, belle jeune fille !

Mon amie lui répond d'un sourire chaleureux, et je lui envoie un coup de coude dans les côtes :

— Arrête ça tout de suite !

— Arrête quoi ?

— D'attirer l'attention des hommes. De répondre à leurs provocations.

— Nina, ce monsieur m'a souhaité la bienvenue, et m'a fait un compliment. Ce n'est pas une provocation, c'est de l'amabilité.

Je sais que sa réponse est franche. Elle ne voit le mal nulle part. C'est bien son problème.

— Le genre d'amabilité qu'avait notre maître, au village, et qui t'a valu la haine de notre maîtresse.

— Tu racontes n'importe quoi.

— À ton avis, pourquoi l'envoyé du tsar t'a-t-il choisie ? Parce que la maîtresse lui a vanté tes talents de cuisinière. Or, si elle aimait tellement ta cuisine, elle aurait tout fait pour te garder avec elle, non ?

Mikhaela hausse les épaules. Je poursuis, à voix basse et pressante :

— Mikha, quand on est serve, attirer l'attention des hommes c'est attirer les ennuis. À part moi, personne ne prendra ta défense. Ici nous ne sommes rien, et nous n'avons aucun pouvoir. Notre seule chance, c'est de nous faire toutes petites, et de ne pas nous faire remarquer. D'accord ?

Elle acquiesce, avant de m'accorder l'un de ses sourires solaires, et de m'attraper le bras :

— Nina, tu t'en fais toujours trop pour moi. Mais je te promets d'être prudente, et discrète. Pour te faire plaisir.

Je la sers contre moi et respire l'odeur de ses cheveux. Ici elle n'a que moi, et moi je n'ai plus qu'elle.

On nous rassemble dans un coin, comme un troupeau dans un enclos, et l'attente reprend alors que les soldats passent en revue les listes de nos noms et de nos qualifications. Toutes les fonctions d'une demeure noble semblent représentées. Lavandières, filles de ménage ou de cuisine, couturières…

On appelle Mikhaela pour l'envoyer rejoindre une poignée de filles destinées à travailler aux cuisines de la forteresse. On nous sépare, et pour la première fois je ressens la pleine puissance de ma peur. Je me tiens seule, au milieu d'inconnues qui conversent à voix basse avec des accents étranges. À quelques pas de moi, Mikhaela ressemble à un oisillon tombé du nid. La nuit est là, le processus touche à sa fin. Quand mon tour vient, on m'assigne à l'atelier de couture. Trois filles y ont déjà été appelées, et elles se tiennent à l'écart du reste, comme si elles s'estimaient meilleures que les autres souillons. En un instant, ma décision est prise. Je baisse la tête, garde le silence.

— Antonina Ivanovna Voskresenskaya ! répète le soldat d'une voix plus forte.

Depuis son groupe, Mikhaela me lance un regard interrogateur. Je porte mon index à mes lèvres, alors que le soldat ronchonne.

— Bande d'incompétents, combien de filles ont-ils

perdues en cours de route? Ou vendues aux bordels? Ils pourraient au moins tenir les listes à jour…

Il griffonne quelque chose sur sa feuille, à la lumière d'une torche proche. Puis il appelle les derniers noms de la liste.

Je profite de l'obscurité pour suivre la dernière appelée à rejoindre le groupe des filles de cuisine. J'attrape le bras de Mikhaela et lui pose un doigt sur les lèvres. Qui remarquera une fille de cuisine de plus ou de moins, au milieu des milliers de serfs qui doivent travailler dans cette ruche immense?

On nous mène en troupeau jusqu'à un vaste bâtiment de bois, blotti dans un coin de la forteresse, tout contre le grand mur. L'intérieur est sombre, enfumé, et d'une chaleur infernale. Trois cheminées, assez larges pour y rôtir un bœuf entier, occupent un côté de la salle. Des poêles en fonte sont alignées plus loin. Puis ce sont de longues tables, au-dessus desquelles pendent des bouquets d'herbes, d'ail et d'oignons, et des batteries de cuisine en cuivre rouge ou en fonte noire.

Mikha laisse échapper un murmure admiratif. Je la force à reculer avec moi, au centre du groupe. Avant d'attirer l'attention, je veux savoir à qui nous avons affaire.

4 - BODEN

Le premier repas de la journée est préparé et servi, les bols rassemblés et lavés, la cuisine récurée, et de nouveaux feux allumés dans les cheminées avant que la précieuse liste ne parvienne à Gallina.

Dès qu'elle reçoit le morceau de papier, la matrone cherche Boden du regard.

Il s'est installé dans son recoin préféré : loin des cheminées, sur un tabouret dissimulé dans l'ombre, adossé au mur de rondins. Quand il se lève, ses genoux protestent.

Gallina le rejoint sur un banc devant une des cheminées, et lui tend la liste sans un mot. Il déchiffre pour elle :

« Yulia, fille de cuisine ; Mikhaela, fille de cuisine ; Amaliya, fille de cuisine… »

En tout une demi-douzaine de serves, toutes avec cette même qualification — ou plutôt cette absence de qualification.

— C'est tout? demande Gallina. Pas un boulanger? Un boucher?

— Personne ne se plaint de ton pain, dit-il. Et tu n'es plus satisfaite de mon travail?

— Tu découpes une carcasse comme personne, concède-t-elle. Mais c'est un travail physique, et tu n'es pas éternel.

Il rit :

— Ne t'en fais pas. Tu n'es pas près de te débarrasser de moi.

Si loin au nord, les jours d'été semblent sans fin. C'est à peine si le soleil daigne se cacher sous l'horizon quelques heures. Il fait pourtant nuit quand les filles de cuisine sont enfin amenées devant Gallina.

Boden est resté dans son coin pour les attendre. Demyan et Feliks se sont endormis l'un contre l'autre sous une table, mais émergent quand les nouvelles venues pénètrent en cuisine.

C'est une poignée de gamines maigres, la peau tannée par leurs semaines de voyage en plein soleil, le cheveu sale, les vêtements poussiéreux. Elles regardent autour d'elles avec des airs de biches effrayées, et se tiennent les unes contre les autres comme pour se rassurer.

La jolie blonde au centre du groupe semble moins apeurée que les autres. Elle promène sur les lieux un regard curieux et bienveillant. Accrochée à son bras, une fille brune et sans charme attire l'œil par son expression belliqueuse. Elle semble mettre le monde entier au défi de s'en prendre à elle ou à son amie. Boden sourit. Cette petite lui plaît déjà.

Gallina jauge le groupe puis, fermement plantée sur ses jambes puissantes, ses poings sur ses hanches larges, elle les accueille d'une voix forte :

— Vous puez la viande faisandée !

5 - NINA

— Vous puez la viande faisandée ! lance une matrone.

Grande comme un homme, et au moins aussi large, elle se tient au milieu de la cuisine et nous toise sans trace d'un sourire.

— Le dortoir est à l'arrière. Posez vos affaires et sortez vous laver. Il y a un puits dans la cour. Ne perdez pas de temps. Pas de place pour les tire-au-flanc. On a une garnison de soldats et plusieurs centaines d'ouvriers à nourrir chaque jour.

Notre tsar compte sur ses ouvriers pour achever cette forteresse avant que la glace ne recouvre la mer, et sur ses soldats pour tenir les Suèdes à distance. Il paraît que les Suèdes voudraient récupérer ce bout de marécage que le tsar leur a volé. Je me demande bien pourquoi. Quoi qu'il en soit, les hommes ne peuvent travailler le ventre vide, et eux comptent sur nous pour le remplir deux fois par jour.

La matrone fait une pause, et aucune d'entre nous n'ose bouger un cil.

— Qu'est-ce que vous attendez ! rugit la femme. Vous voulez que je vous prenne par la main ? Allez vous laver !

Nous trouvons le dortoir, un bâtiment de rondins au toit bas, appuyé à la cuisine et la muraille extérieure. Une porte, pas de fenêtre, une pièce unique au sol de terre battue.

Une trentaine de paillasses sont alignées de part et d'autre de la pièce. Au centre, un poêle — éteint — sur lequel est posée une lampe. C'est la seule source de lumière.

Notre groupe s'assemble entre la porte et le poêle, et nous restons là, bras ballants, sans savoir où nous installer. La lampe est loin de suffire à éclairer la pièce. Certaines couches sont visiblement attribuées — je vois des croix ou de petites icônes accrochées au mur ici où là — et d'autres, visiblement libres, leur couverture pliée au bout du matelas nu. J'en repère deux, assez loin de la porte pour ne pas être dérangées, assez proche du poêle pour profiter de la lumière de la lampe et de la chaleur du feu quand l'hiver arrivera. J'entraîne Mikha à ma suite et prends possession des paillasses convoitées.

Je déplie la couverture et en recouvre ma couche,

pour la revendiquer aux yeux de toutes, et aussi pour dissimiler mon baluchon. Il ne contient pas grand-chose : une chemise de rechange, quelques souvenirs de ceux que j'ai laissés derrière moi. Mais je me méfie. Au cours du voyage on m'a déjà délestée de mon peigne et d'un mouchoir brodé par mes soins.

Je suis sur le point de me relever quand un chuintement, juste derrière moi, me fait sursauter. Je me retourne d'un bond et scrute la pénombre. Le bruit se répète, avant de se muer en une toux sifflante. La couche voisine de la mienne, que je croyais vide, ne l'est pas. Pendant que son occupante crache ses poumons dans un mouchoir, je la détaille. Je ne distingue guère plus qu'une forme recroquevillée sur le flanc, des cheveux bruns collés par la transpiration sur un front pâle, presque vert dans la lumière chiche.

Mikhaela contourne sa couche pour me rejoindre.

— Je peux t'aider ? demande-t-elle à l'inconnue.

Celle-ci ne répond pas. Je dois retenir Mikha pour l'empêcher de toucher la malade.

— Laisse-la et prends tes affaires. On va se trouver un autre endroit.

Mikha proteste, mais je l'oblige à reculer. Nous n'avons pas traversé la moitié du continent à pied pour attraper la tuberculose ou je ne sais quelle maladie qui ravage cet endroit perdu. Hors de question. J'avise deux autres couches, du côté opposé du dortoir, et j'entraîne Mikha à ma suite.

Ce soir-là nous lavons des centaines d'écuelles cabossées et des plats si grands qu'il faut être deux pour les soulever. Puis nous balayons les épluchures et les plumes avec la jonchée. Quand j'ai fini, je tiens à peine debout. Mikhaela tremble comme au cœur de l'hiver malgré l'atmosphère étouffante. La matrone déclare la journée terminée, et nous autorise à regagner le dortoir. Je me laisse tomber sur une couche, Mikhaela contre moi. Malgré l'angoisse qui me serre l'estomac, je bascule aussitôt dans un sommeil lourd et sans rêves.

Je suis réveillée par un coup de pied dans le bas du dos. Je roule sur le côté. La fille qui m'a frappée est déjà deux couches plus loin, occupée à tirer mes compagnes du sommeil avec la même douceur. Je me redresse avec une grimace. J'ai mal partout, ce qui ne me change guère. Depuis deux mois que nous avons quitté notre village, chaque matin je me lève le corps douloureux et les pieds en sang. Mais nous ne sommes plus sur la route. Je secoue Mikhaela et nous sortons dans la fraîcheur de la nuit. Nous avons à peine le temps de passer aux latrines avant de nous mettre au travail. Peu à peu la forteresse s'éveille autour de nous. Alors que je pars remplir un seau au puits, je vois le ciel s'embraser. Au-delà des murs, le soleil se lève sur la ville. Dès qu'il fait jour, l'air s'emplit du raffut des marteaux. Ici aussi, les travaux vont bon train.

Après quelques heures, je suis chargée d'apporter de l'eau aux ouvriers, et j'entame une longue tournée.

Plus tard, je viens de finir de récurer des plats quand la matrone m'attrape au passage.

— Jette-moi ça.

Elle me désigne un tas de chiffons entassés devant le dortoir.

Je me penche pour attraper les rebus à bras le corps, mais arrête mon geste pour les regarder de plus près. Une chemise, un châle, un petit peigne de corne gravé de fleurettes... Ce ne sont pas des rebus.

— À qui sont ces affaires ?

Son visage se ferme.

— Des filles qui sont parties. Prends ce que tu veux et jette le reste.

— Parties ? Où ça ?

Elle hausse les épaules et s'éloigne sans rien ajouter. Je l'observe un instant, et je sens mon estomac se serrer. Mon malaise grandit alors que je fais un rapide inventaire des affaires. Je mets de côté deux chemises et un châle, empoche le peigne et attache le reste en baluchon.

À l'arrière des cuisines, une petite porte discrète permet de quitter la forteresse. On s'en sert pour jeter les ordures dehors, au pied des remparts, là où les oiseaux de mer et les crabes viennent faire concurrence aux rats. De grands oiseaux blancs s'envolent à mon approche, sans se presser. Ils m'invectivent de leurs voix criardes et viennent se reposer sur le tas d'ordures sans même attendre mon départ. J'avise leur bec jaune acéré, réprime un frisson et me dépêche de regagner l'intérieur de la forteresse.

Je poursuis ma journée de corvées, mais mon esprit revient sans cesse au petit peigne que je sens dans ma poche, et à sa propriétaire. Je profite de toutes les occasions pour interroger les autres filles de cuisine, sans obtenir d'autre réponse que des épaules haussées et des lèvres serrées.

Le soir, j'offre une chemise et le châle à Mikhaela.

6 - BODEN

La gamine s'appelle Yulia. Maigre comme un coucou, avec de grands yeux bruns toujours en mouvement, et la main leste.

Boden l'observe depuis quelques jours déjà. Elle mange comme quatre. Au début, il a pensé qu'elle se rattrapait de privations endurées pendant le voyage. Il en a vu d'autres, des gamines qui arrivaient à la forteresse avec la peau sur les os, alors que leurs compagnes de voyage affichaient l'air satisfait de chattes repues. Il ne fallait pas longtemps pour comprendre que les unes devaient céder leur repas aux autres, sous peine de coups.

Pourquoi personne n'intervient-il? Sur la route, tout le monde s'en fiche. Les soldats ont pour mission de conduire les serfs en en perdant le moins possible, comme des bergers. Mais ils font de bien mauvais bergers, et se soucient peu du bien-être de leur troupeau.

Alors les serfs, abandonnés à eux-mêmes, s'organisent en conséquence. Certains réagissent avec solidarité, comme la gamine brune que Boden a remarquée le premier soir — elle s'appelle Nina — et décident de se serrer les coudes. D'autres se retournent contre les plus faibles.

Boden a vu Yulia chaparder la nourriture dans les immenses gamelles destinées aux ouvriers ou aux soldats. Il n'a rien dit. Il espérait la voir se remplumer rapidement. Mais ce qu'elle avale semble ne profiter qu'à un endroit de sa silhouette, et le vieil homme a vite compris : Yulia n'est pas seule. Que ce soit sur la route ou avant ça, dans sa région d'origine, la petite Yulia a connu les faveurs masculines. Elle est enceinte, et semble terrifiée. Boden décide de lui parler.

Il l'approche comme un animal sauvage, avec beaucoup de douceur, et de la nourriture en main. Il a soustrait une miche de pain à Gallina. Elle sort tout juste du four, et dégage un parfum irrésistible. La gamine la lui arrache des mains comme si elle n'avait rien mangé depuis des jours.

— Il fait plus frais dehors, dit Boden. Et nous serons au calme à l'ombre des remparts.

Elle le suit sans cesser de dévorer son pain. Il attend d'être assez loin des cuisines, pour ne pas risquer des oreilles indiscrètes :

— Depuis combien de temps ? fait-il.

Elle se fige, oubliant même de déglutir. Il désigne le ventre de la gamine, qui commence à tendre le tissu de sa robe.

— Tu as l'intention de cacher ton état jusqu'à quand ?

Les yeux de Yulia dardent à droite et à gauche, comme à la recherche d'une issue. Boden lève les mains dans un geste qu'il espère rassurant :

— Je ne trahirai pas ton secret, dit-il. Je veux simplement t'aider.

Elle avale sa bouchée de pain et demande :

— Comment ?

— De quoi as-tu besoin ? Est-ce que tu veux… le faire passer ?

Yulia porte la main sur son bas-ventre, dans un geste instinctif de protection. Elle secoue la tête :

— Chez moi, le prêtre dit… il promet des choses horribles aux femmes qui font ça.

— Je comprends. Donc tu veux avoir cet enfant… ici ?

— Je n'ai pas le choix.

— Tu pourrais partir.

— M'enfuir ? Oh, non. C'est au moins aussi terrible que de tuer un enfant. Et si on me rattrape…

Elle frissonne malgré la chaleur.

— Je suis bien ici, dit-elle. J'ai un endroit où dormir, de quoi manger tous les jours, et personne ne me frappe.

— Attends que Gallina remarque que tu voles de la nourriture, et ça pourrait changer.

— Vous allez lui dire ?

Il secoue la tête :

— Non. Parce que tu vas arrêter de chaparder.

— Mais j'ai si faim !

Il lui adresse un de ses sourires de grand-père bienveillant, et lui tapote la joue :

— Je sais, mon petit, je sais. C'est pour ça qu'à partir de maintenant, je volerai à ta place.

7 - NINA

Nous sommes plus d'une douzaine à travailler en cuisine, principalement des femmes. Beaucoup de filles assez jeunes pour ne pas être encombrées d'enfants et supporter le voyage, assez âgées pour travailler dur et porter de lourdes charges. À part cela il y a Demyan et Feliks, deux jeunes garçons chargés de tourner les broches dans les immenses cheminées. Je crois qu'ils sont jumeaux, mais je ne suis pas sûre. C'est peut-être la suie dont ils sont toujours couverts qui leur donne un air de famille. Et il y a Boden.

Boden est vieux. Sous ses longues mèches de cheveux gris, son front ridé porte une marque, laissée par un fer porté au rouge. Quatre lignes droites se croisent au milieu d'un cercle. De petits traits barrent les grandes lignes, et l'ensemble évoque à la fois un soleil radieux et un flocon de neige.

Il dit que c'est la marque apposée par l'homme qui l'a réduit en esclavage de longues années plus tôt, alors que Boden n'était qu'un jeune garçon. Le temps a blanchi les lignes, mais il n'a pas effacé la marque.

Les yeux de Boden sont très bleus, sa peau tannée par le soleil, ses mains épaisses et déformées par les ans, comme des racines noueuses.

En cuisine, il est le seul sur qui la matrone ne crie pas. Il semble décider lui-même des tâches qu'il accomplit, généralement découper les légumes ou les morceaux de viande. Il travaille seul, assis dans un coin de la cuisine, comme au milieu d'une bulle de calme. Quand il a fini, il s'installe sur un tabouret à l'écart, et contemple l'agitation de l'endroit.

Il parle peu, et quand il le fait c'est avec un accent étranger. Boden n'est pas russe, mais suède, capturé par les hommes du tsar en même temps que ce bout de marécage. Quand on lui demande pourquoi il n'a pas fui les combats, il répond qu'il a passé sa vie ici, et qu'il est trop vieux pour s'en aller maintenant. Il ne partira jamais.

Je suis en train de balayer devant les cheminées quand la matrone m'accule dans un recoin.

— J'ai vérifié la liste, dit-elle. Tu n'y figures pas. D'où est-ce que tu sors, et qu'est-ce que tu fiches dans ma cuisine ?

Aussitôt je pense à Mikhaela, et à la promesse que j'ai faite à sa mère.

Non, c'est faux. Je pense au serment que je me suis fait, à moi-même, de toujours protéger mon amie, et de la garder près de moi.

La peur de la perdre paralyse mon esprit.

— Réponds-moi, dit la Matrone, au lieu de me regarder avec ces yeux de merlan frit. Qu'est-ce que tu fiches dans ma cuisine ? Tu es là pour voler ? Tirer au flanc ?

C'est alors qu'une voix éraillée sort de l'ombre :

— « Vérifié la liste ? », dit Boden. Tu as appris à lire ? Félicitations !

Gallina pose un index sur sa tempe :

— J'ai tout en tête.

— Aaah, fait Boden. Mais la mémoire est faillible, et la jeune fille travaille bien.

— Quelqu'un vole de la nourriture ! grogne Gallina.

Boden hoche la tête :

— Je sais. Mais ce n'est pas Nina qui pille tes réserves.

À ces mots, la matrone oublie ma présence et se plante devant le vieil homme, comme un chien de chasse à l'arrêt :

— Tu sais qui me vole ? Parle !

Il lui répond avec un sourire doux :

— Je parlerai, oui… avec la coupable. Ne t'en fais pas, Gallina, ces larcins cesseront.

Gallina plante ses poings sur ses larges hanches et ouvre la bouche. Je crois qu'elle va crier sur Boden, peut-être le menacer jusqu'à ce qu'il lui donne un nom. Mais elle semble se raviser, referme la bouche sans prononcer un mot, et acquiesce d'un signe saccadé de la tête.

— Quant à Nina, reprend Boden, peu importe que son nom soit ou pas sur la liste. La petite travaille bien, et tu te plains toujours de manquer de main-d'œuvre.

La matrone me jette un regard mauvais avant de tourner les talons et d'aller houspiller quelqu'un d'autre à l'autre extrémité de la pièce.

— Merci, dis-je dans un souffle.

Boden m'adresse un signe de tête et un sourire avant de reprendre sa place dans l'ombre. Je recommence à balayer, mais la tête me tourne, et mes mains tremblent. Ce n'est pas passé loin. Sans l'énigmatique vieillard, j'étais sûre d'être renvoyée des cuisines sur-le-champ. Peut-être même arrêtée pour vol. En tout cas arrachée à Mikhaela.

Ce soir-là le sommeil me fuit, et je me repasse la scène en boucle. Je me demande comment Boden fait pour tenir tête ainsi à la terrible matrone. Peut-être son âge lui donne-t-il quelques prérogatives. Mais la vraie question, c'est pendant combien de temps cette protection tiendra-t-elle ? Le sommeil finit par me prendre, et me jette dans un chaos de cauchemars.

Dans mon rêve, la cuisine est en feu. Un brasier énorme hurle comme une bête sauvage, dévore le bâtiment de rondins et tous ceux qui s'y trouvent.

Je vois Yulia ; son ventre est énorme, et elle est engloutie par les flammes alors que Gallina l'agonit d'injures pour avoir osé voler de la nourriture.

Je vois Demyan et Feliks, fidèles à leur poste, qui tournent les broches des énormes cheminées, sans se soucier du brasier qui fait rage autour d'eux.

Je vois des formes anonymes, déjà dévorées par le feu, leurs bras tendus vers moi en une supplique muette.

Mais je n'ai d'yeux que pour une silhouette : Mikhaela.

Mikhaela et ses cheveux en flammes.

Mikhaela et ses bras noircis, ses chairs dévorées.

Mikhaela avalée par le feu.

Et je ne peux rien faire.

Je me tiens hors du brasier, de l'autre côté de la cour.

Malgré la distance, je distingue le visage de mon amie et la terreur dans son regard. Mais je suis incapable d'esquisser un geste, ou d'émettre un son.

À côté de moi, Boden sourit :

— Il faut nourrir la bête, dit-il. Elle n'en a jamais assez. Mais c'est tellement préférable à l'alternative.

Quand je me réveille, le lendemain matin, Mikhaela dort à côté de moi. Les cuisines sont intactes. Mais Yulia est partie dans la nuit.

Ce jour-là, je profite d'un instant d'inattention de notre matrone pour m'approcher de Boden.

— Tu as parlé à Yulia ? Tu sais où elle est ?

— Je lui ai donné le choix, dit-il. Elle a décidé de partir.

— Seule ? En pleine nuit ?

— Pour échapper aux regards.

— Comment ?

Il m'adresse un de ses sourires énigmatiques :

— Un vieil homme comme moi a plus d'un tour dans son sac. Ne t'en fais pas pour elle. Les soldats ne la trouveront pas.

— Qu'est-ce que ça… ?

Mais la voix de la matrone hurle mon nom, et je dois quitter Boden pour sortir sur la grève récurer la vaisselle.

Quand j'ai fini de frotter marmites et plats, mes doigts sont ridés et rougis par l'eau de mer, et la peau de mes mains s'est ouverte à plusieurs endroits. Je lèche le sel qui me brûle les plaies, et baille à m'en décrocher la mâchoire. Il doit être tard, mais le soleil ne se couche presque jamais dans cet endroit maudit, et c'est à peine s'il descend quelques heures juste sous l'horizon.

Je fais basculer le bac d'eau sale pour le vider et regarde l'eau dévaler les quelques pieds de talus qui séparent l'île de la mer grise. Je me redresse avec un grognement. J'ai mal aux reins.

— Tu n'es pas obligée de faire ça, dit Mikhaela dans mon dos.

Je sursaute, et elle me retient avant que je ne suive l'eau de vaisselle. Je réponds dans un soupir :

— Il faut bien vider l'eau sale. Comment veux-tu faire, sinon ?

— Je ne parle pas de la bassine. Tu n'es pas obligée de rester ici avec moi, de suer sang et eau dans les cuisines surchauffées, et de t'arracher la peau des mains dans l'eau de mer. Au village, l'envoyé t'a choisie pour tes talents de couturière. Tu pourrais travailler au frais, assise toute la journée. Je me suis renseignée. Les couturières sont logées près de la suite de la tsarine. Elles ne sont que deux par chambre, tu imagines ?

Je commence à empiler la vaisselle propre dans la bassine. Ça me donne une excuse pour ne pas regarder Mikha en face.

— J'ai promis à ta mère de veiller sur toi. Je vais tenir parole. Le travail ne me fait pas peur. Et puis cet hiver je serai bien contente de bosser en cuisine. Il y fait chaud, et on trouve toujours quelque chose à manger.

Elle prend un côté de la bassine, je soulève l'autre, et nous repartons vers l'intérieur des murs, notre charge entre nous.

— Il paraît que la mer gèle en hiver, me dit Mikha. Pas seulement la rivière, comme au pays, mais la mer elle-même. Tu imagines ? Je me demande si on aura le droit de patiner dessus.

Plus tard au dortoir, j'examine mes pauvres mains à la lumière étrange de la nuit, cette espèce d'aube qui dure des heures et des heures. Je repense à Baba, à ses mains ridées mais sûres qui m'ont appris à coudre et à broder. À sa voix rieuse quand elle me disait de me concentrer sur mon ouvrage pour mériter ma place au coin du feu. « La vie est rude, Ninouchka, un peu plus à chaque hiver qui passe. Quand tu auras mon âge, tu seras heureuse de pouvoir chauffer tes vieux os au poêle et de gagner ton pain en restant assise. »

Mikha me fait une fois de plus sursauter quand elle m'interpelle en chuchotant depuis la couche voisine.

— Ça ne te ressemble pas, Nina.

Comme je ne réagis pas, elle continue :

— Aller à l'encontre de ton intérêt, ce n'est pas toi.

— Tu veux dire que je suis égoïste ?

— Bien sûr que non. Tu as toujours pris soin de moi, depuis qu'on a appris à marcher ensemble. Mais tu as les pieds sur terre. Je serai bien ici. Je suis en sécurité. Et il ne s'agit pas de partir au loin. On se verra toujours dans la cour du château. Tu n'es pas obligée de rester avec moi. Ne sacrifie pas ta chance pour moi.

— Je ne sacrifie rien du tout. Je suis bien avec toi.

Je lui tourne le dos pour faire semblant de dormir. Par la porte ouverte, la lune illumine le dortoir. Des particules de poussière dansent dans la lumière. Une vingtaine de respirations calmes ponctuent le silence. Un orage gronde au loin. Derrière moi, le souffle de Mikha se fait plus profond, régulier. Je me retourne pour la regarder dormir. Ici, nous dormons sous un toit, derrière une porte. Ici, la matrone qui dirige les cuisines ne laissera pas les soldats approcher Mikha de trop près. Je repense aux nuits passées sur la route, aux campements de fortune, et à l'intérêt malsain de certains hommes pour mon amie. Mikha est belle, elle l'a toujours été. Des cheveux dorés comme un été sans fin, de beaux yeux bleus, un teint lumineux et des lèvres roses et charnues, promptes à sourire. Elle a toujours fait chavirer les cœurs, le mien plus que tout autre. Elle a peut-être raison. Pendant des mois j'ai dormi d'un œil, serrée contre elle comme si mon corps pouvait la protéger du monde. Peut-être que maintenant, ici, je peux me détendre un peu. Peut-être que je peux la laisser respirer.

Elle soupire dans son sommeil, et mon cœur fait un bond. Un sacrifice, c'est renoncer à ce que l'on aime plus que tout. Rester près de Mikha, c'est l'inverse d'un sacrifice. C'est peut-être égoïste. Mais je suis comme ça.

8 - BODEN

Assis sur un rocher, Boden observe les deux gamines qui discutent sur la berge, à quelques dizaines de pas seulement. Elles ne l'ont pas remarqué. Il est sur cette île depuis si longtemps qu'il se fond dans le paysage.

Il n'est pas venu espionner, mais laver ses chemises. Il n'en possède que trois, et son travail est salissant. Alors il frotte. Mais il est distrait, et sans cesse son regard est attiré par les deux jeunes filles. Il les envie. Pas leur jeunesse — quoique cela fait si longtemps qu'il n'a pas connu une journée sans douleur… Pas leur beauté — en son temps il était beau garçon, et ça lui a joué bien des tours. Non, c'est leur lien qu'il jalouse. Même à cette distance, il sent la force des sentiments qui les unit. L'instinct de protection de la brune Nina, bien entendu. Il est si fort qu'il semble hurler dans chacun de ses gestes, de ses regards. La blonde, la douce

Mikhaela aussi veut protéger son amie. Mais quand Nina considère le monde entier comme son ennemi, Mikhaela a compris que c'est avant tout de Nina qu'elle doit protéger Nina. Ou peut-être est-ce Boden qui l'a compris, et le vieil homme prête à la gamine une sagesse qu'elle ne possède pas encore.

Elles s'en vont, toujours sans le remarquer. Elles ploient sous le poids d'une énorme bassine dont elles tiennent chacune un côté. Elles marchent vite, leurs pas synchronisés par une longue pratique. Boden se demande s'il a bien fait de défendre Nina face à Gallina. Le lien qui unit les deux gamines est fort, et le vieil homme sait que des sentiments si puissants sont dangereux. Lui-même n'a jamais été lié à un autre par une telle amitié. Le seul lien qu'il ait connu, c'est celui de l'esclavage, celui qui l'a emprisonné sur cette île, dans cet endroit perdu au milieu des marécages.

Peut-être qu'il a aidé Nina par respect pour cette amitié. Ou peut-être qu'il l'a fait parce qu'avec Yulia sur le départ, il ne voulait pas se priver d'une fille de plus. Il n'y avait jamais assez de serves dans la forteresse, et elles ne restaient jamais assez longtemps.

Il essore ses chemises et se relève avec un grognement. Les vieux os n'aiment guère l'humidité, et l'humidité c'est tout ce qu'il y a dans cet endroit maudit.

9 - NINA

Je ne sais pas quand je me suis endormie, mais je rêve. Je suis au village, avec Mikha. Mais elle est toute petite, une petite fille aux boucles blondes qui avance du pas dandinant des enfants qui apprennent encore à marcher. Elle court devant moi entre les maisons familières, et je la suis en riant. Mais elle s'approche de la lisière du bois, et je ne l'ai toujours pas rattrapée, et soudain j'ai peur. Je l'appelle, mais elle rit et redouble d'efforts pour me distancer.

Soudain elle trébuche et tombe face contre terre. Son cri retentit et me déchire le cœur. Je tends les bras pour la relever, mais le rêve m'échappe et je suis réveillée.

Il fait nuit dehors, autant qu'on peut l'espérer ici, c'est-à-dire que j'y vois assez clair pour distinguer la forme endormie de Mikhaela sur la couche voisine. Dehors, un cri retentit. Un nourrisson pleure.

Un nourrisson? Non, certainement pas. Il n'y a pas d'enfant dans la forteresse. C'est probablement un oiseau de mer. Ces bêtes ont des cris stridents à vous glacer le sang. Un grondement trahit la présence d'un orage au loin.

Un nouveau hurlement me fait douter. Je suis bien réveillée maintenant, et ce bruit ressemble vraiment au cri d'un nouveau-né.

Mikha dort à poings fermés. Je me retourne vers mon autre voisine de couche, Amaliya. Je sursaute : dans la pénombre, je distingue ses yeux grands ouverts, braqués sur moi. Je chuchote :

— Je ne savais pas qu'il y avait un bébé ici. Où vit-il?

— Il n'y en a plus, répond Amaliya d'une voix chevrotante.

Le cri résonne encore, comme pour la contredire.

— Aucun enfant ne vit plus ici, continue-t-elle en dépit de l'évidence. Il paraît qu'une fille a eu un enfant, l'hiver dernier, mais ils ont disparu tous les deux juste après.

— Tu veux dire qu'elle s'est enfuie en plein hiver avec un nouveau-né?

— On l'entend souvent, la nuit, répond-elle, mais jamais en journée. Il ne vit pas ici. Aucun enfant ne vit ici. Seuls leurs esprits hantent nos nuits.

Le bébé hurle de plus belle. Amaliya ferme les yeux, se signe et rabat sa couverture par-dessus sa tête. Je l'écoute marmonner ses prières. Dehors, le tonnerre se rapproche. Le bébé s'est tu.

Probablement un oiseau de mer, finis-je par décider au bout de quelques minutes. Il aura senti l'orage de loin et sera parti se réfugier dans les terres. Je ne devrais pas écouter les racontars des filles de cuisine trop superstitieuses pour leur propre bien.

Je finis par me rendormir, et je rêve de mes parents.

Je me réveille en sursaut pour découvrir Amaliya penchée au-dessus de moi.

Ses yeux sont rouges, écarquillés et un peu fous.

Je me redresse. Le lit d'Amaliya est fait, mais à part nous, tout le monde dort encore. Il fait nuit.

— Qu'est-ce qu'il y a ?

— Je m'en vais, souffle-t-elle.

— Pardon ?

— Il est hors de question que je passe une nuit de plus dans cet endroit maudit, me dit la fille entre ses dents serrées.

J'entends dans ces mots chuchotés que ses nerfs sont sur le point de lâcher. J'essaie de chasser les brumes de mon esprit :

— Où vas-tu ?

— On dit qu'il y a des pêcheurs sur la côte qui font passer des serfs jusqu'en Suède. Personne ne me trouvera là-bas.

— En Suède ? Tu es folle ? Tu te souviens que la Russie est en guerre contre le royaume des Suèdes ? Tu veux te faire tuer ?

— Je préfère encore être passée par le fil de l'épée plutôt que d'attendre ici que mon âme soit entraînée dans les enfers qui bouillonnent sous nos pieds.

« Les enfers qui bouillonnent sous nos… » D'où cette fille sort-elle une idée pareille ?

— Calme-toi. Réfléchis. Nous sommes sur une île, et il n'y a aucun pêcheur ici. Comment vas-tu traverser ?

Elle secoue la tête pour chasser mon objection, comme s'il s'agissait d'une mouche insistante.

— Des bateaux traversent tous les jours. Il suffit de savoir à quel soldat demander, et il te cache entre deux tas de cordes.

— Tu crois vraiment qu'un soldat va aider une serve à s'échapper ? Parce que tu lui demandes gentiment ?

Elle détourne le regard avec une moue de dégoût.

— Pas juste « demander », c'est vrai, concède-t-elle. Mais je peux donner mon corps à un inconnu pour quelques minutes si c'est pour sauver mon âme immortelle. Viens avec moi.

Elle a prononcé cette invitation sans préambule, et je pense avoir mal entendu. Mais l'expression de son visage me détrompe : elle attend bien une réponse de ma part.

— Ma place est ici, dis-je. Je ne m'en irai pas. Bonne chance à toi, et que le Ciel te protège.

Elle prend son baluchon, le dissimule sous ses jupes, et quitte le dortoir à pas de loup.

Le tonnerre roule encore au-dessus de la forteresse. J'essaie d'imaginer comment Amaliya pourrait traverser la mer. Déjà faudrait-il qu'elle échappe à cette étrange île.

Quel endroit pour bâtir une ville…

Le tsar a contemplé cette étendue marécageuse, au cœur des combats ; une terre sur laquelle les nuits d'hiver sont infinies et les jours d'été sans répit, et seul, il a décidé d'en faire sa capitale. Oubliés, les siècles de gloire de Moscou, les hauts murs du Kremlin et les palais des boyards : la cour doit lever le camp, comme une vulgaire bande de romanichels.

Oubliée, la nature impitoyable de ces marais : que l'eau se contente de couler dans les canaux, et que la terre supporte le poids des murs de pierre, car Pierre l'a décidé.

Et qui souffre de ce caprice ? Qui sue sang et eau pour creuser ces canaux, remblayer ces marécages et édifier ces remparts ?

Qui succombe aux maladies ? au froid ? à la faim et aux accidents ?

Qui doit renoncer à sa famille, son village et sa région ? Qui doit traverser le pays à pied ? Qui doit faire jaillir du sol ingrat cette ville aux allures étrangères ?

Je pourrais haïr le tsar pour ce qu'il nous fait subir. Je ne parviens qu'à l'admirer. Et il faut que je me l'avoue : si j'avais son pouvoir, j'en userais autant que lui.

Je me prends à imaginer qui je plierais à ma volonté si j'en avais l'occasion, et je m'endors en me rêvant riche, puissante et redoutée. Au chaud. En sécurité. Aimée.

IO - AMALIYA

Le soldat est bel homme. Très brun, avec une belle moustache et une haute stature que son uniforme met en valeur. Alors quand il coince Amaliya contre le mur, elle frissonne à peine. Elle a attendu toute la journée, enfermée dans une baraque remplie de cordages humides et puants. Quand il a ouvert la porte, elle a eu peur : ce n'était pas l'homme à qui elle avait parlé le matin même. Mais il lui a affirmé pouvoir l'aider, et elle n'a d'autre choix que de le croire.

— Je n'ai jamais… souffle Amaliya.

L'homme a posé une lampe sur une étagère. La lumière est faible, mais suffit à révéler un sourire carnassier.

— Ça ne fait pas mal, promet-il.

Il ment.

Il lui remonte les jupes et déchire sa culotte. Elle pousse un petit cri, et il la gifle.

— Première règle, grogne-t-il : aucun bruit.

Elle veut protester, mais il lui fourre un chiffon dans la bouche. Sa propre culotte. Il l'enfonce si profond qu'elle manque de vomir. Puis il lui écarte les cuisses.

Elle a très peur, maintenant, mais plus elle se débat, plus le sourire de l'homme s'élargit. Il lui assène une seconde gifle, qui la projette sur un tas de cordages humides. Quand l'homme pénètre en elle, elle a mal, très mal. Mais elle espère encore que son calvaire vaudra la peine. Alors elle serre les dents sur son bâillon improvisé.

L'homme grogne alors qu'il la laboure, et elle essaye de ne pas bouger, de ne rien sentir, de ne plus être là. Ça doit déplaire au soldat, parce qu'il se retire, déchire le corsage d'Amaliya, et lui empoigne les cheveux. Il la force à se redresser, attire le visage de la jeune fille tout près du sien et dit, entre ses dents serrées :

— T'es pas mal, quand on y regarde de plus près. Je vais peut-être te garder pour moi, après tout.

Amaliya voit ses espoirs de fuite s'envoler. La peur qu'il lit dans les yeux de la fille rend au soldat son sourire carnassier. Il raffermit sa prise sur ses cheveux et lui arrache son bâillon. Elle a trop peur pour appeler à l'aide, et de toute façon il l'embrasse férocement, envahit la bouche d'Amaliya avec sa langue, mord ses lèvres jusqu'au sang. Il la jette face contre terre, empoigne ses hanches et la pénètre à nouveau. Elle pousse un cri de douleur, et il rit.

— N'oublie pas, grogne-t-il entre deux coups de reins, tu gardes le silence si tu ne veux pas du bâillon.

Elle serre les dents et ravale ses larmes.

Quand il a fini, il utilise la culotte d'Amaliya pour essuyer son sexe, puis la fourre à nouveau dans la bouche de la jeune fille.

— Shuuuu, fait-il, un doigt sur les lèvres. Maintenant tu me suis. Ton passeur va arriver.

L'espoir qui renaît donne à la fille la force de se lever.

S'il y a vraiment un passeur, et si le soldat la conduit vraiment à cet homme… Alors tout n'est pas perdu. Le soldat lui a fait mal, et il s'est amusé à lui faire peur, mais elle va quitter cet endroit, et tout cela ne sera bientôt plus qu'un souvenir.

Elle s'accroche à cet espoir alors qu'il la pousse dans un coin.

Ils n'attendent pas longtemps. La porte s'ouvre avec un grincement de gonds rouillés et de bois saturé d'eau. Une forme pénètre dans la cabane. Amaliya pense que c'est un homme, mais avec ce grand manteau sombre, c'est difficile à dire. Il referme la porte derrière lui. Elle sursaute quand elle entend sa voix :

— Tu as fini ?

— Elle est à toi, répond le soldat d'un air satisfait.

L'autre secoue la tête, lentement, et le soldat reprend :

— Je me passe de tes commentaires !

— Je n'ai rien dit, répond l'autre d'un ton calme.

— Je sais ce que tu en penses. Mais vu ce que tu fais de ces filles, je ne vois pas pourquoi je me priverais. C'est mon paiement.

Quand il se retourne vers Amaliya, il tient une corde fine.

II - NINA

Plusieurs jours ont passé, mais j'ai perdu le fil, emportée dans un tourbillon de corvées. Les journées sont longues, étouffantes et répétitives. Les nuits trop courtes, agitées de mauvais rêves. Seul répit, l'air de la mer qui vient parfois nous rafraîchir quand nous travaillons hors des murs.

Je suis agenouillée dans une des énormes cheminées de la cuisine, une brosse à la main, quand une voix retentit derrière moi.

— Antonina Ivanovna Voskresenskaya !

Je me retourne dans un nuage de cendres à peine froides pour découvrir une femme haute et mince, le visage pincé.

— Tu es Antonina Ivanovna ?

Je hoche la tête. Une mèche de cheveux s'échappe de mon fichu, et je la chasse d'une main distraite. La femme lève un sourcil, et je prends conscience de mon apparence. Je suis couverte de sueur, à laquelle la cendre adhère pour former un enduit grisâtre. J'en ai partout sur les mains, les avant-bras, les vêtements, et probablement le visage. La femme me toise, et je finis par me souvenir que je dois me lever, et baisser le regard pour lui parler. Elle porte de beaux vêtements d'une coupe exotique, et elle prononce mon nom avec un accent étranger. Elle doit être importante.

— Je suis madame Van Baerle, la couturière de la tsarine. Tu peux m'appeler «Madame», ça t'évitera d'écorcher mon nom. Je te cherche depuis des jours. Je n'avais pas songé à regarder dans les cendres, ceci dit.

Elle fait la moue et secoue un papier :

— D'après ma liste, tu sais coudre. Est-ce vrai ?

Au village, j'avais fait étalage de mes talents à l'officier du tsar, et je savais qu'il avait tout noté. Inutile de mentir sur ce point.

— Oui Madame.

— Façonner ?

— Oui Madame.

— Broder ?

— Oui.

— Je ne parle pas des torchons décorés que l'on trouve dans vos campagnes. Je parle de broderie hollandaise. Sais-tu lire un modèle ?

Avec un peu de chance, la pénombre des cuisines et la cendre qui me macule le visage dissimulent le rouge qui me monte aux joues. Nos broderies, des torchons ? Oubliant mon envie de rester aux cuisines, je tente de maîtriser ma voix pour répondre :

— Je sais lire un modèle et compter mes points.

— Hum. Il faudra que ça suffise. Suis-moi.

J'ai à peine le temps de poser ma brosse à récurer. La femme a déjà tourné les talons. Je la rattrape alors qu'elle est déjà sortie. Elle me découvre à la lumière du jour avec un mouvement de recul.

— Quelle souillon !

Elle regarde autour d'elle comme si elle voyait pour la première fois la cour et ses baraquements, et secoue la tête.

— Je ne comprendrai jamais pourquoi votre tsar a fait déménager sa capitale dans cette contrée perdue, murmure-t-elle. Que trouve-t-il ici qu'il n'a pas à Moscou ?

— Je ne sais pas, Madame. Ce n'est pas ma place de poser ces questions.

Elle semble se reprendre et répond d'un ton plus sec :

— Non, bien entendu. Ce n'est pas non plus la mienne, d'ailleurs. Son Altesse le tsar a appelé la tsarine ici, et là où va la tsarine, je vais aussi. Même dans une contrée aussi sauvage que celle-ci. Mais même au bout du monde, je ne peux te faire entrer à l'atelier dans cet état. Va te débarbouiller et change-toi. Une de mes filles viendra te chercher dans quelques minutes. Attends-la ici. Ne bouge pas. Ne va pas à nouveau disparaître. Trop de filles comme toi nous faussent compagnie pour que je te laisse filer toi aussi.

Et elle me plante là pour traverser la cour avec l'allure d'une grande dame, l'ourlet de sa robe caressant la boue.

Je me cache dans un coin pour me débarbouiller à l'abri des regards. Je retire mon tablier noir de suie, secoue ma jupe, et remplace ma chemise par celle que j'ai récupérée à mon arrivée dans les affaires abandonnées. Je fais vite, tout en jetant des regards autour de moi. Mais je ne vois Mikha nulle part.

Que faire ?

La seule raison pour laquelle je suis venue jusque dans cette contrée hostile, c'est pour veiller sur mon amie. Et le meilleur moyen de faire ça, c'est de rester près d'elle, ici, en cuisine. Il faut que je réussisse à convaincre cette étrangère arrogante que je ne suis pas à ma place dans son atelier de couture. De cette manière elle me renverra ici.

Une fille de cuisine au regard terne entre dans le dortoir et sursaute en me découvrant. Son visage prend une expression coupable :

— Qu'est-ce que tu fais là ? grogne-t-elle.

— Tu as vu Mikhaela ?

— Corvée de légumes.

Je la remercie et sors, lui laissant la place pour la sieste qu'elle a visiblement l'intention de voler.

Je me dirige à grands pas vers l'appentis sous lequel il est de coutume de s'installer pour éplucher les légumes, mais une nouvelle fois on appelle mon nom, et je me fige.

La nouvelle venue est une fille de mon âge, et son accent est celui d'une Russe. Elle porte une robe de style étranger, mais plus simple que celle de « Madame ». Ses joues sont rouges, et elle est essoufflée.

— Je suis contente de t'avoir trouvée ! s'écrie-t-elle avec joie. Cela fait des jours que Madame ronchonne après toi, et si j'étais rentrée les mains vides, elle m'aurait passé un savon. Viens, ne traînons pas !

Elle m'attrape le bras et m'entraîne à sa suite, loin des cuisines et de Mikhaela.

12 - NINA

Je me laisse entraîner, et alors que mes pieds foulent la terre de la cour, mon esprit galope à toute allure. Aurais-je dû mentir tout à l'heure face à l'étrangère? J'aurais pu lui dire que j'ai raconté des histoires au recruteur, que je ne sais pas tenir une aiguille. Il ne fait pas bon être pris en flagrant délit de mensonge quand on est serve, mais quelques coups de canne seront vite oubliés si je peux rester près de Mikha. Seulement je n'ai aucune idée des châtiments réservés aux serfs du tsar. Ni des coutumes des Européens en matière de discipline. On entend tellement d'histoires sur les étrangers. Un jour un homme de passage au village a raconté que dans ces contrées lointaines il n'y a pas de serfs, que tous les hommes et femmes sont libres, et que l'eau ne gèle jamais. Je suis trop terre à terre pour croire de telles fables.

Alors je baisse la tête et je fais ce qu'on me dit. Après tout, l'atelier n'est que de l'autre côté de la cour. Je pourrai toujours voir Mikhaela le soir. Et peut-être demander à Boden de garder un œil sur elle.

— Je m'appelle Ielena, me déclare soudain la fille.

— Antonina.

Tirée de mes pensées, j'ai répondu sans réfléchir, et Ielena éclate d'un rire frais :

— Je sais ! Madame n'arrête pas de parler de toi. Elle était un peu contrariée quand tu n'es pas arrivée comme promis sur sa liste. Mais depuis qu'Olga a disparu, elle était carrément furieuse !

— « Disparu » ?

Ielena se tourne vers moi, et son visage se ferme. Ça ne dure qu'un instant, avant qu'elle se détourne :

— J'aurais dû tenir ma langue. On ne parle pas de ça.

— De quoi ?

Elle secoue la tête sans répondre et me tire de plus belle vers l'autre côté de la forteresse. Je plante mes talons dans la terre de la cour et m'arrête sur place. Ielena se retourne et me lance un regard surpris. Je me dégage de sa poigne et croise les bras :

— J'ai retrouvé une montagne d'affaires abandonnées — des vêtements, des accessoires, des souvenirs d'êtres chers. On m'a dit que beaucoup de serves s'enfuient, malgré la mer et la guerre toute proche. Ce que je ne comprends pas, c'est pourquoi abandonner toutes ses possessions ici.

Je n'ai pas parlé fort. Ici, au beau milieu de la cour, trop d'oreilles indiscrètes nous entourent, et j'ai bien compris que le sujet est délicat. Ielena pince ses lèvres déjà fines, et je vois dans ses yeux verts qu'elle hésite à me parler. Je me penche vers elle et baisse encore la voix :

— Tu n'y crois pas non plus, n'est-ce pas ? Que ces gens partent de leur plein gré…

Elle baisse les yeux vers ses mains, et je vois que ses doigts tremblent.

— Olga ne serait pas partie sans me le dire, souffle-t-elle. Et puis elle avait l'air heureuse ici. Chez elle, son maître avait prévu de la marier à un homme qu'elle détestait. Elle était soulagée d'avoir échappé à ça. Elle était une des meilleures brodeuses de l'atelier, et Madame la traitait bien. Mais tu l'as peut-être vue ? Elle a seize ans, elle est rousse avec des taches de rousseur et des yeux marron.

Je secoue la tête. Ielena serre les poings et détourne le regard. Ses yeux brillent un peu trop.

— On dit que des milliers d'hommes meurent chaque année là-bas, en ville. Ils sont victimes d'accidents sur les chantiers, ou des miasmes de ces marais maudits. Mais rien de tout cela n'explique les disparitions dans la forterésse. Ici les maçons sont parfois blessés, mais il est rare qu'ils meurent. L'air qui vient de la mer nous épargne les épidémies, et la broderie n'a jamais tué personne. Pourtant les gens disparaissent. Les jeunes filles, surtout. Olga est loin d'être la première, et ce ne sera certainement pas la dernière.

Je pense à Amaliya, à Yulia et à ce que m'a dit Boden.

— Peut-être qu'elles s'enfuient vraiment?

Ielena m'adresse un pauvre sourire :

— Allons, toi non plus tu n'y crois pas. Non, elles sont bien toutes là.

Cette fois je ne comprends pas, et je fronce les sourcils.

— Tu ne les entends pas, la nuit? me demande Ielena. Les bruits, les pas dans les couloirs, et les murmures? La nuit dernière, Olag a appelé mon nom, et j'ai senti sa main sur ma joue.

Elle frissonne malgré la douceur de la fin d'été, et se frotte les bras comme pour chasser un froid fantôme.

Un peu plus loin un groupe de maçons éclate en cris de joie et grands rires ; le bruit nous fait sursauter. Ielena se secoue et me tend la main :

— Viens, ne faisons pas attendre Madame. La patience n'est pas son fort en ce moment.

Le vaste bâtiment des cuisines est en bois, mais la forteresse elle-même — les remparts, les tourelles et les bâtiments qui s'y adossent — est presque entièrement en pierre. Des équipes de maçons continuent à tailler et empiler des blocs de roche, et le bruit des travaux résonne partout. La partie de la forteresse où Ielena me guide est relativement calme. Je pénètre pour la première fois dans l'aile noble du château, et la fraîcheur du couloir me prend par surprise. Ielena pousse un petit soupir de soulagement :

— Je ne sais pas comment tu as pu supporter la chaleur des feux en cuisine. Ici, au moins, la température est confortable. Viens.

Le plan du bâtiment semble simple : un couloir parallèle au rempart, et des salles de part et d'autre du couloir. Ielena me désigne une suite de portes à notre gauche :

— Les appartements de Son Altesse et de ses dames sont par là. Les ateliers sont au-dessus.

 Un escalier fait face à l'entrée, et nous l'empruntons pour rejoindre le premier étage. Sur le palier, un autre escalier, plus étroit et en bois, disparaît dans l'obscurité.

— Nous logeons toutes sous les toits, me dit Ielena. Je te montrerai tout à l'heure. Pour le moment...

Elle s'arrête devant une porte simple, semblable aux autres.

Ielena se recoiffe et lisse sa jupe avant d'examiner ma tenue.

— Tu n'auras pas besoin de ton fichu ici, me dit-elle en retirant le foulard qui retenait mes cheveux. Laisse-moi refaire ta tresse.

Ses doigts courent dans mes cheveux, et elle se penche pour murmurer à mon oreille :

— Madame est la couturière attitrée de Son Altesse. Elle est venue tout droit de Hollande, et elle ne travaille que pour la tsarine. Tu dois lui obéir en tout. Compris ?

— Compris.

Ielena me fait pivoter pour admirer son travail, range une mèche rebelle derrière mon oreille.

— Allons-y ! ordonne-t-elle sans un sourire.

13 - NINA

Ielena me précède dans une pièce brillamment éclairée par de larges fenêtres. Au centre, une longue table disparaît sous une masse d'étoffes aux riches couleurs. Autour de la table, une demi-douzaine de femmes sont assises, aiguille en main. Elles cousent des ourlets et fixent des rubans tout en conversant à voix basse. Tout près d'une fenêtre, deux jeunes filles sont assises à même le sol, penchées sur la même étoffe. L'étrangère qui m'a trouvée en cuisine inspecte les points de leur broderie. À en juger par l'expression des jeunes filles, le travail ne plaît pas.

Ielena se racle la gorge pour capter l'attention de la femme :

— Madame, j'ai trouvé Antonina Ivanovna.

— Parfait. Ce corsage doit être brodé pour l'arrivée de

la tsarine demain, et ces deux bonnes à rien accumulent les erreurs. Voyons si tu sais faire mieux.

Ielena me désigne un tabouret dans un coin. Je m'assieds et elle me fourre dans les mains un morceau de soie grand comme un mouchoir, et un tambour à broder.

— Montrez-lui le modèle, ordonne-t-elle aux deux brodeuses.

Une des filles se précipite pour me tendre une feuille. Sa main tremble, et je me demande comment elle fait pour ne pas se piquer les doigts. Sur la feuille, je découvre un dessin exquis. Un bouquet de roses aux couleurs délicates, tout en dégradés subtils. Pas de grille, pas de repère, aucune indication quant au nombre ou au style de points à utiliser. J'inspire entre mes dents serrées, avec un éclair de pitié pour les deux jeunes filles. Si la femme de mon ancien seigneur ne s'était pas entichée de broderie européenne, jamais je n'aurais su par quel bout prendre ce modèle. Après avoir passé des mois à reproduire des dessins venus de France ou d'Italie selon la fantaisie de mon ancienne maîtresse, j'ai une bonne idée de ce qu'il convient de faire.

La seconde brodeuse m'apporte un plateau d'argent sur lequel reposent quelques aiguilles, une mine de plomb et un assortiment de fils de soie.

— Madame aime les petits points droits et réguliers, me souffle-t-elle.

Je la remercie sur le même ton et me mets à l'ouvrage.

Je sens le regard de Ielena sur moi alors que j'esquisse le motif à la mine. Ma guide occupe visiblement une place privilégiée dans la hiérarchie de l'atelier. J'observe du coin de l'œil les autres couturières. Elles se méfient de Ielena comme de Madame, lui obéissent sans discuter, mais lui jettent des regards mauvais dès qu'elle tourne le dos.

J'enfile une aiguille et entame la première fleur.

— Tu commences directement au passe-plat empiétant ? dit Ielena. Tu vas déborder.

Je réponds sans lever les yeux de mon ouvrage :

— J'ai marqué les lignes à la mine de plomb pour gagner du temps. Avec ce style de dégradés de couleurs, le passe-plat empiétant donne les meilleurs résultats.

Elle se tait, et après quelques minutes je sens qu'elle s'éloigne en silence.

Les conversations qui s'étaient éteintes à mon arrivée reprennent peu à peu, mais je n'y prête aucune attention. Je me concentre sur mon ouvrage. Le modèle est magnifique, et il me fait oublier mes résolutions. Je choisis le fil avec soin, pique des points minuscules. Le reste du monde disparaît alors que je me plonge dans cette tâche à la fois créative et répétitive. Là, dans ma bulle, plus rien ne m'inquiète.

Quand je noue le dernier fil, après avoir rempli la dernière feuille de la dernière rose, je relève les yeux, étonnée du silence qui règne autour de moi. Plus personne ne parle dans l'atelier. Deux têtes sont penchées sur mon ouvrage : Ielena et Madame. Cette dernière tend une main autoritaire, et je lui remets la broderie. Elle s'approche de la fenêtre et examine mon travail sur l'endroit, l'envers, et à la lumière rasante. Ielena la rejoint, et Madame lui désigne des points particuliers. Elle parle à voix si basse que je ne peux l'entendre, et même Ielena est obligée de tendre l'oreille. Tête contre tête, les deux femmes conversent un moment, et tout autour nous retenons notre souffle. Enfin, Madame se tourne vers les deux autres brodeuses :

— Laissez votre place à Antonina et retournez à vos tâches précédentes. Avec un peu de chance, elle saura rattraper votre gâchis.

Loin de se montrer fâchées d'être ainsi éclipsées, les deux filles laissent échapper des soupirs de soulagement et m'adressent des sourires reconnaissants avant de partir rejoindre les couturières autour de la longue table. Madame s'agenouille devant la robe à broder et me fait signe de la rejoindre.

— Le bouquet est centré sur le devant du corsage, m'explique-t-elle.

Elle place le modèle sur le vêtement pour illustrer son propos, et continue dans un russe hésitant, mais avec autorité :

— Son Altesse arrive demain, et je veux pouvoir lui montrer cette robe dès qu'elle sera disposée à la voir. Nous avons perdu trop de temps à te chercher, et les deux autres filles sont incapables de tenir un point régulier. Ne t'arrête pas de travailler tant que tu n'as pas fini. Compris ?

Je hoche la tête en silence, alors qu'un nœud se forme dans mon estomac. Tout au bonheur de broder, j'ai oublié que je ne voulais pas de ce travail. J'ai sous-estimé à quel point la broderie me manque, à quel point aussi le travail de cuisine me pèse. Et puis ce modèle européen pose un véritable défi. Sans parler de la soie délicate du vêtement… Je me suis laissée aller et j'ai oublié ma résolution. Il est trop tard pour faire marche arrière. Mikhaela est juste de l'autre côté de la cour. Je peux retourner au dortoir toutes les nuits… De toute façon je n'ai plus le choix.

J'examine le travail de deux jeunes filles et grimace. Les points sont irréguliers, les tracés imprécis, et les dégradés de couleur du modèle d'origine sont remplacés par des blocs de teintes tranchées. Je cherche Madame du regard, et la trouve dans un coin de l'atelier, en grande conversation avec Ielena. Je commence à me lever pour les rejoindre quand un geste de Madame m'arrête. Ce n'est qu'une main posée sur le bras de Ielena. Mais c'est plus que cela. C'est un mouvement de tête, une tension dans la nuque, une intensité dans les paroles murmurées. C'est une douceur étonnante sur le visage des deux femmes qui me souffle de les laisser seules un instant de plus.

Je me rassieds et décide de me passer de l'autorisation de Madame pour défaire le travail de mes prédécesseures.

J'ai mal aux reins, et la peau sèche de mes mains accroche parfois la soie, mais je savoure la relative fraîcheur de la pièce, l'absence des cris de la matrone qui dirige les cuisines, et le luxe d'un travail qui exige l'immobilité.

Ielena m'apporte une tasse de thé. Sans un mot elle la pose à portée de ma main, jette un regard sur mon ouvrage, et s'éloigne à pas feutrés.

Mon thé a refroidi, mais je le bois d'un trait. J'ai faim. Les heures défilent, rythmées par la danse de mon aiguille qui apparaît et disparaît entre les fils de soie. Autour de moi les conversations murmurées se font de plus en plus rares. Madame vient jauger l'avancée de mon travail et repart sans un mot. Je change de position pour soulager mon corps engourdi. Quelqu'un a posé une autre tasse de thé. Il est froid et amer. Le jour a diminué ; on a allumé des bougies. Une chaise s'est libérée, et je m'y installe pour profiter de la lumière d'un chandelier. Un dernier fil à nouer, et je tiens mon ouvrage à bout de bras pour le comparer au modèle.

— Je crois que tout y est…

J'ai parlé à voix basse, pour moi, mais Ielena me prend le corsage des mains :

— Montre.

Elle examine mon travail d'un air critique.

— Ne bouge pas de là.

Elle s'en va, la robe dans les bras. Quand elle referme la porte derrière elle, je regarde autour de moi. L'atelier est vide. Sur la longue table, l'ouvrage collectif reste abandonné. Je m'approche. C'est une étoffe épaisse, d'un rouge de sang frais parsemé de minuscules perles d'ambre. Une tenture, si j'en juge par sa taille impressionnante et l'absence de coutures autres que des ourlets. Je la lâche en sursaut quand j'entends la porte s'ouvrir dans mon dos. Ielena est revenue, avec mon ouvrage et Madame.

La couturière a quitté sa belle robe pour une robe d'intérieur exotique hâtivement nouée sur une chemise de nuit. Ses cheveux sont tressés et pendent sur son épaule. Mais son visage n'est pas ensommeillé.

— C'est du bon travail, Antonina. Il est tard. Demain je t'expliquerai ce que j'attends de toi. En attendant, va te coucher. Tu peux prendre la place d'Olga à l'étage.

— Madame, toutes mes affaires sont restées aux cuisines. Puis-je aller les chercher ?

— Ne traîne pas dans la cour, et ne suis personne. J'ai eu assez de mal à te trouver, je ne veux pas que tu disparaisses comme les autres.

Elle fait demi-tour, attrape Ielena par le bras, et toutes deux quittent l'atelier d'un même pas.

14 - NINA

Le soleil s'est couché. Les travaux ont cessé, et la cour est déserte quand je la traverse. Je repense aux paroles de Madame, prononcées comme une évidence : «je ne veux pas que tu disparaisses comme les autres». Je jette des regards nerveux autour de moi, à la recherche d'un prédateur tapi dans l'ombre. Chez moi, dans mon village au cœur des forêts du sud, une série de disparitions signifie qu'une bête sauvage a vaincu sa peur des hommes et vient se nourrir à proximité des habitations. Mais ici, dans une forteresse bâtie sur une île, au large d'une ville entourée de marécages… j'ai du mal à imaginer quel animal pourrait sévir. Ce qui ne me laisse que deux hypothèses : soit les disparues se sont réellement enfuies, soit c'est un humain qui est responsable de leur disparition.

Je porte trois doigts à mon épaule et me signe tout en

murmurant une prière rapide. Un peu plus loin sur ma gauche, je vois la silhouette de la petite église de bois, et je pense un instant aller y prier. Mais je suis fatiguée, j'ai faim, et je veux voir Mikhaela. Je poursuis ma route vers les cuisines.

À cette heure de la nuit, les cheminées n'abritent plus que des braises et la grande salle ne résonne que des ronflements de la matrone, qui dort dans le garde-manger.

Boden sort de l'ombre et me fait signe d'approcher :

— Je t'ai mis une part de côté. Assieds-toi.

Il me pousse vers une table, et je me laisse faire. Je l'observe alors qu'il récupère un bol parmi les cendres d'un âtre. Du ragoût de poisson. Encore, toujours du poisson. Mais j'ai trop faim pour protester. Le vieil homme sort un énorme morceau de pain des replis de son vêtement, et je me jette sur la nourriture.

— L'étrangère a fini par te trouver, commente-t-il après quelques minutes.

Je hoche la tête et demande, entre deux bouchées :

— Pourquoi tu l'appelles comme ça ?

— Tout le monde l'appelle comme ça, fait-il remarquer.

— Mais toi aussi tu es étranger, puisque tu es Suédois.

Il hoche la tête avec un sourire de grand-père affable.

— Je ne suis pas Suédois, mais oui, je suis étranger. Je vis ici depuis si longtemps que j'ai tendance à l'oublier. Et puis vous aussi êtes étrangers, dans ces marais du bout du monde.

Je n'ai rien à répondre à ça, et je poursuis mon repas en silence.

Après quelques minutes, Boden reprend :

— Quand j'étais petit garçon, on m'a raconté une légende à propos d'un loup. L'animal était féroce, et semblait ne jamais devoir cesser de grandir. Il devint si gigantesque qu'il aurait pu dévorer le monde tout entier. Les dieux décidèrent de l'enchaîner pour l'en empêcher. Ils lui présentèrent une première chaîne, comme un défi : le loup serait-il assez fort pour s'en libérer ? Le loup, sûr de lui, accepta d'être enchaîné. Il brisa l'entrave sans difficulté. Les dieux créèrent une autre chaîne, plus solide. Là encore, ils mirent le loup au défi de la briser. Le loup se laissa attacher, et après quelques instants de lutte, se libéra à nouveau. Alors les dieux s'adressèrent aux artisans les plus renommés : les nains. Sous les montagnes, les nains forgèrent une chaîne magique assez solide pour retenir le loup. Une troisième fois, les dieux présentèrent le défi au loup. Mais cette fois, l'animal sentit la magie dans la chaîne, et soupçonna un piège. « As-tu peur ? demandèrent les dieux. Prouve à tous ta force en brisant cette chaîne. Mais ne t'inquiète pas : si tu échoues, nous te libérerons. »

Mais le loup n'a pas confiance.

« Je me laisserai attacher, dit-il, à condition qu'un de vous pose sa main dans ma gueule. Si j'échoue, et que vous ne me libérez pas, je lui croquerai la main. »

— Qu'est-ce que les dieux ont fait ? dis-je, oubliant de manger.

— Aucun d'eux ne voulait sacrifier sa main, comme tu l'imagines. Jusqu'à ce que l'un d'eux se porte volontaire. Il posa sa main dans la gueule du loup, et l'animal se laissa attacher.

— Et ensuite ?

— Le loup fut attaché, et le monde fut sauvé.

— Mais le dieu… ?

— Il perdit sa main. Un bien maigre sacrifice, quand on y réfléchit.

J'achève de vider ma gamelle en silence.

Je ne trouve pas que perdre une main soit un maigre sacrifice. Si j'en perds une, je ne pourrai plus travailler à l'atelier ni en cuisine. Je ne serai plus bonne à rien. Je frissonne et décide de ne pas y penser plus longtemps.

— Est-ce que l'étrangère t'a renvoyée ici ? demande enfin Boden.

— J'ai dit que je voulais récupérer mes affaires au

dortoir. Elle pense que je vais emménager dans la chambre d'une fille qui est partie.

— Et ce n'est pas ce que tu vas faire ?

Je secoue la tête :

— Je ne veux pas m'éloigner de Mikha. Pas si je peux faire autrement.

Il acquiesce en silence et semble se plonger dans ses pensées. Je l'y abandonne, dépose mon bol sale dans la bassine, et ressors des cuisines sur la pointe des pieds.

Le dortoir est sombre, empli des respirations de multiples dormeuses. Ma couche est telle que je l'ai quittée le matin. Sur son matelas, Mikha dort à poings fermés. Je m'allonge et attends que mes yeux s'habituent à l'obscurité. Peu à peu, la silhouette de mon amie se précise, jusqu'à ce que je distingue les traits paisibles de son visage. Je m'endors et je rêve de nous.

15 - NINA

Le lendemain matin je dois repartir avant l'aube, pour ne pas risquer de croiser Madame ou Ielena, et de devoir leur avouer où j'ai passé la nuit. Mikhaela dort encore, et je n'ai pas le cœur de la réveiller. Je traverse la cour à pas pressés, hésite à peine avant de retrouver la porte de l'atelier. L'endroit est encore désert. Je m'installe sur une chaise, près d'une fenêtre, et sors de ma poche un morceau de pain chipé en cuisine. Je le dévore en regardant le jour se lever sur la Neva. Peu à peu, les filles me rejoignent, et bientôt l'équipe est au complet.

Ce matin l'atelier ne parle que de la tsarine Catherine. Son Altesse doit arriver dans la journée, en même temps que le tsar lui-même. Mais les routes sont si mauvaises en été que personne n'est certain de l'heure de leur arrivée, ni même du jour.

Madame se lamente sur les conditions terribles de

voyage dans le pays et les épreuves que la tsarine affronte au côté de son époux. Elle fait travailler l'atelier à préparer les appartements de la tsarine.

Je me penche vers Ielena pour souffler :

— Est-ce que la tsarine voyage beaucoup ? Je pensais que les gens importants restaient dans leur palais à Moscou…

— C'était le cas dans ma jeunesse, intervient une femme aux tempes grisonnantes. Le père de notre bien-aimé tsar gouvernait depuis l'intérieur du Kremlin. Mais notre tsar, Dieu le bénisse — elle s'interrompt pour se signer ; Ielena et moi l'imitons — est toujours par monts et par vaux, été comme hiver, au service de notre sainte patrie. C'était déjà le cas quand la capitale était à Moscou, et je n'imagine pas qu'il changera maintenant.

— Et son épouse l'accompagne toujours ?

— Grand Dieu non ! Mais il lui faut bien elle aussi emménager dans notre nouvelle capitale.

— C'est pour ça que Madame est dans tous ses états, souffle Ielena avec un sourire attendri. Elle est horrifiée à l'idée d'installer la tsarine ici, dans la forteresse, et elle nous fait travailler d'arrache-pied pour réaliser assez de tentures, de coussins et de rideaux pour déguiser une place forte en palais.

La femme aux tempes grises soupire :

— Dire qu'il faudra tout recommencer quand on

emménagera au prochain palais.

— Quel palais ?

— Tu as dû le voir quand tu es arrivée, explique Ielena. Sur l'autre rive de la Neva, en face d'ici. On le distingue très bien du haut des remparts.

— La grande maison à trois étages, avec les colonnes blanches et la façade verte ?

Mes deux interlocutrices hochent la tête d'un même mouvement :

— Il aurait dû être achevé pour l'arrivée de Son Altesse, souffle la femme en confidence. J'ai entendu Madame se lamenter plusieurs fois à ce sujet. On dit que les premières fondations se sont enfoncées dans le sol sous le poids des murs…

— TOUTES les fondations s'enfoncent dans le sol, intervient Ielena en levant les yeux d'un air excédé. C'est bien pour ça que cette forteresse est encore en travaux.

— Comment ça ? dis-je.

Je me sens bête, mais je dois avouer que je n'ai jamais entendu parler de ce genre de problème au village.

— Le tsar a ordonné de construire une place forte sur cette île il y a six ans déjà, explique la femme. Je le sais parce que mon ami était là ce jour-là.

Elle baisse les yeux à la mention de cet « ami » et rosit

comme une jeune mariée. Puis elle reprend, les yeux fixés sur son ouvrage, les doigts dansant sur le tissu :

— Notre tsar a ordonné de bâtir une place forte, et les hommes s'y sont immédiatement consacrés. Mais l'île dépassait à peine des vagues, et il a tout d'abord fallu la surélever. Ils ont apporté de la terre à la force des bras pour relever le niveau du sol. Ensuite ils sont allés dans les forêts de bouleaux, à quelques jours de marche…

Je repense à la forêt que nous avons traversée à pied avant d'arriver en vue de la ville.

— Ils ont abattu des milliers d'arbres et ont apporté les troncs jusqu'ici, continue la femme. Ils ont bâti la forteresse ordonnée en quelques mois à peine, car telle est la force de la volonté du tsar. Mais…

Elle secoue la tête, comme attristée par un drame personnel, et Ielena prend le relais pour expliquer :

— À peine terminée, la forteresse a commencé à s'enfoncer dans le sol. Tu vois, ici, il y a de l'eau partout. Ce n'est pas tant une terre qu'un ensemble d'îlots éparpillés au cœur d'un grand marais.

La femme hoche vigoureusement la tête :

— Le tsar a ordonné de creuser des canaux pour drainer toute cette eau, et il a fait venir des spécialistes étrangers.

— Des architectes, précise Ielena, venus d'un endroit que l'on appelle «le pays bas», parce que la terre est juste au niveau de la mer. On dit que là-bas les gens ont appris à construire leurs villes au-dessus de l'eau.

Madame approche de notre groupe et nous nous taisons pour nous concentrer sur notre tâche. L'étrangère examine nos ouvrages d'un air critique, mais ne trouve apparemment rien à nous reprocher, car elle repart de son pas mesuré.

Ielena reprend ses explications :

— Les étrangers ont décrété qu'il fallait reconstruire sur des pieux.

— Des pieux ?

— De grandes colonnes, intervient la femme aux tempes grises, des troncs d'arbres entiers enfoncés tout droit dans le sol.

Je secoue la tête :

— Comment peut-on construire là-dessus ? Il faut bien un plancher ?

Ielena hausse les épaules en signe d'ignorance, mais la femme explique :

— Les pieux sont enfoncés très profondément, jusqu'à l'endroit où le sol est solide. Ensuite on pose un plancher comme tu dis, qui prend appui sur le haut des pieux, et on construit le bâtiment sur ce plancher.

J'essaie de visualiser ce qu'elle me raconte, mais cela ne fait aucun sens :

— Ça voudrait dire que tout ce château repose sur des colonnes ? Qu'il y a du vide en dessous de nous ? Comme la cabane de Baba Yaga sur ses pattes de poule ?

Pourvu que la forteresse ne décide pas un jour de déplier ses pattes pour aller courir la campagne, comme la cabane de la sorcière dans les histoires.

— C'est ce que mon ami m'a expliqué, dit la vieille femme. Il dit que c'est tellement solide qu'ils ont pu reconstruire non pas en bois, mais en pierre.

— La forteresse de bois était trop lourde pour le sol, alors ils l'ont reconstruite... en pierre ?

Je suis tellement estomaquée que je perds le contrôle de mon aiguille. Je pousse un petit cri de douleur et porte mon doigt à ma bouche. Madame me lance un regard sévère, et je me remets à l'ouvrage sans un mot.

— C'est ça, souffle Ielena un instant plus tard. C'est ce qu'ils sont en train de terminer.

— Et c'est pour ça que le palais de Leurs Altesses n'est pas encore prêt à les recevoir, explique la femme. Une partie des ouvriers qui auraient dû y travailler est encore ici. Et puis la guerre avec les Suèdes n'est pas terminée, et on parle de batailles à quelques jours à peine d'ici.

J'ai entendu des rumeurs semblables alors que nous étions encore sur la route, mais je n'y avais accordé que peu de crédit. Qui établirait sa capitale dans une ville en travaux, si près de l'armée ennemie alors qu'il dispose d'une ville déjà construite à Moscou, et d'une forteresse centenaire avec le Kremlin ? Mais je ne veux pas donner l'impression que je critique le tsar, ses décisions ou sa sagesse. Après tout, je ne suis qu'une petite couturière à peine sortie de son village bien loin de la capitale — l'ancienne comme la nouvelle. Je ne connais rien à la guerre ou à l'art de gouverner un pays. Mais je ne peux m'empêcher de penser que, personnellement, je mettrais mon étoffe à l'abri des mites avant de commencer à y broder du fil d'or.

Pendant que je réfléchis, mes camarades continuent leur conversation à voix basse.

— Les ouvriers disparaissent plus vite qu'il n'en arrive pour les remplacer, se lamente la femme aux tempes grises.

Ielena hoche sombrement la tête, et je me sens prise d'un frisson qui ne doit rien à la fraîcheur des murs de pierre. Depuis que je suis arrivée ici j'entends parler de disparitions. Et malgré ce que certains racontent, les serfs ne parlent pas « d'évasions », mais bien de disparitions. Comme si ces gens s'étaient volatilisés contre leur volonté. Comme s'ils étaient perdus, ou morts.

— La ville est construite sur les piliers, murmure la femme, mais on dit qu'elle repose sur des cadavres.

Elle se tait et nous continuons notre ouvrage en silence.

16 – BODEN

Il est tard. Boden prend le frais à l'extérieur des cuisines. L'air sent l'automne. Le vieil homme observe Mikhaela près du puits. Plus tôt dans la journée, la jeune fille est venue le voir, ses beaux yeux agrandis par l'inquiétude. Son amie Nina, disparue depuis la veille, n'a toujours pas donné signe de vie. Demyan affirme qu'elle est partie avec une fille « d'en face », c'est-à-dire de l'autre côté de la cour, là où sont les parties nobles de la forteresse. Mikhaela suppose que quelqu'un a fini par comprendre que la place de Nina n'était pas en cuisine. Mais pourquoi son amie ne lui a-t-elle rien dit ?

Boden a repris son sourire de grand-père bienveillant pour expliquer à la gamine que son amie avait désormais mieux à faire que de passer son temps en cuisine, et qu'il s'écoulerait probablement des semaines avant qu'elle n'ait le loisir de revenir de ce côté de la cour. Il a vu les larmes perler au bord de ses beaux yeux bleus, et a dû s'avouer que la gamine lui faisait de la peine. Mais il ne pouvait pas la laisser se bercer d'espoirs.

Devant le puits, Mikhaela dépose ses seaux et se met à l'ouvrage. Gallina l'a chargée de remplir les réserves d'eau pour que les nobles et les officiers aient leur thé dès le réveil, le lendemain. La matrone aussi est contrariée par le départ de Nina. Elle qui, quelques semaines plus tôt, était prête à chasser la gamine. Boden secoue la tête et inspire une grande goulée d'air humide. Mikhaela tire sur la corde pour remonter le seau plein d'eau. La tension de ses épaules trahit sa fatigue. Elle remplit une bassine, se redresse et s'essuie le front d'un revers de la main. C'est le moment que l'homme choisit pour entrer en scène.

— Laisse-moi t'aider.

Sa voix profonde porte loin dans la nuit. Mikhaela sursaute, et le seau lui échappe des mains.

L'homme le rattrape avant qu'il ne dégringole au fond du puits.

— Je ne voulais pas te faire peur, dit-il.

Elle semble se détendre. Il faut avouer que le nouveau venu est bel homme. Grand, bien bâti, avec une moustache fournie et des dents éclatantes.

— Je m'appelle Piotr, dit-il. Je suis maçon.

Il entreprend de remonter un nouveau seau d'eau, faisant jouer les muscles de ses bras sous sa chemise simple d'ouvrier. Mikhaela le regarde faire sans un mot. Quand les bassines sont pleines, les deux jeunes gens les transportent ensemble jusqu'en cuisine. Ils passent devant Boden sans même le remarquer.

17 – NINA

À peine suis-je entrée au dortoir que j'entends Mikhaela appeler mon nom.

— Nina, tu es là! J'étais morte d'inquiétude. J'ai cru que toi aussi tu avais disparu!

Elle se jette dans mes bras et je la serre contre moi avec un pincement au cœur.

— J'ai voulu te prévenir, mais elles ne m'en ont pas laissé le temps.

— Qui? Où étais-tu?

— La responsable de l'atelier de couture m'a retrouvée. J'ai brodé toute la journée.

— Oh. Ils avaient raison.

Mikhaela relâche son étreinte et recule d'un pas. Mon

cœur se serre et je me dis qu'elle est fâchée contre moi. Mais c'est d'une voix enjouée qu'elle reprend :

— J'ai une nouvelle incroyable à te raconter, viens !

Elle me fait asseoir au bord de sa couche et s'installe près de moi. Elle tient ma main dans la sienne et des frissons de plaisir me parcourent le bras.

— J'ai rencontré un homme, dit-elle.

Mon cœur rate un battement, et mes oreilles bourdonnent alors qu'elle continue sur le même ton enjoué. Je ne l'écoute pas. Je ne veux pas l'entendre me dire son nom, je ne veux pas savoir ce qu'il fait, ni comment ils se sont rencontrés. Je ne veux pas connaître la couleur de ses yeux, et je refuse d'imaginer la fossette qui orne sa joue gauche. Je dégage ma main de celle de mon amie et me détourne :

— Je dois y aller. On m'attend. Je suis juste venue prendre mes affaires.

— Tu pars ? Mais… Je t'ai gardé du pain pour le dîner.

— Je n'ai plus faim.

Je rassemble mes maigres possessions, referme mon baluchon, et quitte le dortoir sans un regard pour Mikhaela.

Dans la cour, j'hésite un instant avant de me diriger vers l'église. Je n'ai pas le courage de rejoindre les chambres des couturières, pas tout de suite ; j'ai d'abord besoin d'un peu de calme.

Les murs de bois de l'église ont été recouverts de plâtre jaune, mais il s'écaille déjà. Rien ne semble résister à la moiteur de cet endroit.

La nef étroite n'est éclairée que par de petites veilleuses disposées de part et d'autre de l'autel. Je ne suis pas venue pour parler à Dieu, et je me réfugie dans un coin sombre, loin du crucifix et des icônes. Je pose mon baluchon sur le sol de terre battue, m'assieds dessus, et me laisse aller.

Je suis plus fatiguée que je ne l'avais cru, et sans m'en rendre compte je m'endors. Mes rêves sont confus, agités, et parcourus des cris d'inconnus. Certains m'appellent à l'aide, d'autres m'enjoignent de fuir pour sauver ma vie. Je me réveille baignée de sueur et percluse de courbatures. Dehors il fait presque jour. Je n'ai pas entendu sonner la cloche du matin, mais déjà les ouvriers vont et viennent dans la cour. Je me presse en direction de l'atelier.

Je frappe à la porte de l'atelier. Comme personne ne répond, j'ouvre doucement et glisse un regard à l'intérieur. La pièce est vide. Je pousse un soupir de soulagement. Il est moins tard que je le pensais.

Je m'engage dans l'escalier étroit que Ielena m'a montré hier. Il débouche sur un couloir, uniquement éclairé par deux petites fenêtres disposées aux deux extrémités. Nous sommes juste sous les toits. Des portes sont alignées de chaque côté du passage. Toutes sont fermées. Le plancher de bois craque sous mes pieds. Je longe le couloir sans oser frapper ni faire de bruit, et m'arrête devant l'une des fenêtres. Elle est petite, et disposée si haut que je dois me mettre sur la pointe des pieds pour glisser un regard à l'extérieur.

Le ciel est encore sombre au-dessus de la mer, mais un rayon de soleil accroche le sommet des remparts à ma gauche. Un oiseau blanc passe en piaillant juste devant mon visage, et je recule avec un petit cri.

— Je croyais que tu avais encore disparu, fait une voix dans mon dos.

Ielena est à moitié endormie, en chemise de nuit et les cheveux en bataille, mais elle me sourit.

— J'espérais bien t'entendre monter, me dit-elle. Viens, notre chambre est là.

Je la suis dans la petite pièce. Le plafond est bas, et il fait frais. Un courant d'air pénètre par la fenêtre étroite.

Ielena désigne l'ouverture :

— Ça donne sur l'extérieur des remparts. SI tu montes sur ton lit, tu peux voir la mer.

C'est un vrai lit, un cadre de bois isolé du sol par quatre pieds massifs. Le matelas est ferme, et il y a des draps en plus de la couverture de laine rêche.

— Tu peux mettre tes affaires dans le coffre. J'ai retiré

celles d'Olga. Je ne sais pas quoi en faire…

Je considère le baluchon qu'elle a posé dans un coin, et qui ressemble au mien comme un frère à son jumeau.

— Ce lit, c'était le sien ?

Ielena acquiesce.

— Ça ne t'embête pas ? demande-t-elle d'une petite voix qui ne lui ressemble pas. Je n'avais pas trop envie de dormir toute seule. Je ne suis pas une trouillarde, mais ici…

Elle hausse les épaules et détourne le regard. Puis elle change de conversation :

— Comme tu travaillais encore hier soir, je t'ai mis un dîner de côté. C'est du pain et du fromage.

À ces mots mon estomac se manifeste bruyamment. J'en reste interdite quelques instants, et sens le rouge me monter aux joues, mais Ielena glousse et me presse une assiette dans les mains. Je m'assieds au bord de mon lit et dévore à belles dents. Quand la cloche du matin sonne enfin, c'est l'estomac satisfait que je suis ma nouvelle amie vers l'étage inférieur.

18 - NINA

Madame insiste pour que ses « filles », comme elle nous appelle, ne se mêlent pas aux ouvriers et autres mains d'œuvre qu'elle estime indigne de notre présence. Aussi prenons-nous nos repas entre nous, dans une petite salle attenante à l'atelier. Ce sont deux filles de cuisine qui nous apportent le thé et le dîner. Elles doivent me reconnaître, mais refusent de me parler et se contentent de me jeter des regards mordants, comme si en venant travailler ici j'avais trahi la communauté des gens de cuisine. Elles cracheraient dans la gamelle que ça ne m'étonnerait pas plus que ça.

Ielena et Madame ne mangent pas avec nous. Les autres en profitent pour bavarder à loisir. Je les écoute d'une oreille distraite alors que je rejoue en pensée les brefs éclairs d'affection que les deux femmes ont laissé échapper aujourd'hui. Leur tendresse mutuelle n'est un secret pour personne à l'atelier. Après tout, les couturières passent de longues journées enfermées dans la même pièce, les doigts occupés, mais les yeux libres de capter le moindre détail, et les langues avides de sujets de commérages. Pour ma part je ne pense qu'à Mikhaela. Son visage où perle la sueur, dans la lumière des feux de cuisine. Cette mèche de cheveux dorés qui lui tombe toujours devant les yeux. Son sourire quand je suis retournée prendre mes affaires. L'éclat de son regard quand elle a parlé de cet homme. Le rose qui lui montait aux joues…

— Nina, tu n'as pas faim ?

Une jeune fille me regarde d'un air inquiet. C'est l'une des deux brodeuses maladroites que ma venue a libérées du courroux de Madame.

— Ta famille te manque ? demande-t-elle. Tu veux en parler ?

Je secoue la tête et me force à avaler mon repas. Comme je suis la nouvelle dans l'atelier, c'est à moi de rapporter la vaisselle sale en cuisine.

— Attends, je t'aide, propose la jeune fille.

Je la remercie d'un sourire, mais refuse qu'elle m'accompagne.

— Je peux tout porter, ne t'en fais pas.

Elle grimace :

— On évite de se déplacer seules dans la forteresse. Avec, tu sais, ce qu'il se passe.

— Mais que se passe-t-il, exactement?

J'ai posé la question en un souffle, je ne sais pas pourquoi. Nous sommes entre nous, entre serves, je n'ai rien à craindre. Pourtant la jeune fille jette des regards nerveux autour d'elle avant de répondre sur le même ton :

— Tu sais, les disparitions.

Je secoue la tête, et je sens la frustration remonter dans mon ventre comme un vin trop aigre. Je lui attrape le bras et elle grimace.

— Est-ce que quelqu'un sait quelque chose, ou est-ce juste des rumeurs et des histoires pour faire peur aux enfants?

— Je ne sais pas. Fais juste attention à toi, d'accord?

Je soupire et m'éloigne, les bras chargés de vaisselle et l'esprit en ébullition.

J'ai peur de croiser Mikhaela en cuisine, peur de devoir lui faire face, peur de l'entendre parler de son nouvel amour. Mais je m'inquiète pour rien. Je dépose la vaisselle sale dans la bassine prévue à cet effet, la bassine que quelques jours plus tôt je devais traîner jusqu'au bord de l'eau pour en récurer le contenu. Dans la cuisine, tout le monde m'ignore, et j'ai l'impression d'être transparente, d'être un spectre. Je m'acquitte de ma tâche et me presse vers la sortie. Juste avant le seuil, Demyan m'attrape le bras :

— C'est vrai que Mikha est partie avec toi coudre pour la tsarine ? demande le jeune garçon.

— Pourquoi tu dis ça ?

— C'est vrai ?

— Non. Tu n'as qu'à lui demander, au lieu de croire n'importe quoi.

— Alors où elle est ?

Mon cœur se glace et se ratatine. Je m'accroupis devant le garçon, le saisis aux épaules :

— Où est Mikhaela ? dis-je.

— Je ne sais pas. Je te jure. On ne l'a pas vue aujourd'hui. C'est pour ça qu'on pensait qu'elle était avec toi. Que peut-être tu lui avais eu un passe-droit, comme pour toi...

Je ne l'écoute plus. Je quitte la cuisine et me précipite au dortoir. Il est encore tôt, et l'endroit est désert. La couche de Mikhaela est faite, la couverture soigneusement repliée au pied du matelas. Toutes les affaires de mon amie ont disparu. Comme si elle n'avait jamais dormi là. Comme si elle n'avait jamais existé.

Je trouve Boden au coin d'une cheminée. Un couteau en main, il sculpte un morceau de bois.

— Où est Mikha ? dis-je. Vous deviez veiller sur elle.

Il ne lève même pas les yeux pour me répondre :

— Elle a choisi de partir.

— Non.

— Avec son amant, renchérit Boden sans cesser son ouvrage.

— C'est faux.

Cette fois il lève la tête, plonge son regard azur dans le mien :

— Pourquoi ? dit-il, sans trace de colère.

— Mikha ne serait jamais partie. Pas comme ça. Pas sans moi.

— Tu es partie la première, dit-il d'une voix posée.

— De l'autre côté de la cour ! Et pas par choix. Mais je reviens la voir, le soir. Je suis toujours là.

— Ce n'est pas l'impression qu'elle avait. Tu l'as abandonnée, et elle a décidé de partir.

— Vous en êtes certain ?

— Je les ai accompagnés moi-même.

Je lui agrippe le bras :

— Montrez-moi ! J'ai encore le temps de la rattraper ?

Il détache mes doigts de son avant-bras, avec une poigne de fer :

— Il est trop tard, je le crains. Mais ne t'en fais pas, je suis sûr qu'elle ne t'en veut déjà plus.

Sa main s'est refermée sur la mienne comme un étau, et son regard me vrille l'esprit :

— Retourne d'où tu viens, maintenant. Tes nouvelles amies t'attendent, et plus rien ne te retient ici.

Je traverse la cour à pas lents, le cœur vide et l'esprit engourdi.

19 - NINA

La chambre est vide. Je suppose que Ielena est avec Madame. Je les imagine, discutant à voix basse en se tenant les mains, et ça me fait penser à Mikhaela. Alors je me mets debout sur mon lit, pour apercevoir la mer comme Ielena me l'a dit. Je plisse les yeux, comme si je pouvais distinguer, sur ce petit morceau de masse sombre, le bateau où se trouve Mikhaela. Par où est-elle partie ? Je n'ai même pas pensé à demander des précisions à Boden. Il me suffit de savoir que mon amie est partie. Je me laisse retomber sur le matelas.

J'ai tout sacrifié pour Mikhaela. Quand j'ai entendu l'envoyé du tsar dire que Mikha repartait avec lui, je n'ai pas hésité. Je suis allée le voir, avec en main ma robe de mariée, celle que je brode depuis des années, celle qui ne me servira jamais. Je lui ai montré les motifs, expliqué les points, j'ai parlé couture et broderie jusqu'à ce que, pour me faire taire, il note mon nom à côté de celui de Mikha.

J'ai laissé la robe derrière moi, avec Baba, avec ma mère, avec tous les gens que j'avais connus jusque-là. Parce que je voulais être avec Mikhaela.

Et elle est partie sans moi.

« Les gens partent, ma chérie, c'est la vie. »

Cette voix, c'était celle de ma mère. Quand mon père nous avait quittées, elle avait accepté ce départ avec un fatalisme désarmant. Les gens partent. Ceux qu'on aime nous quittent. Mais pas Mikhaela. Avec Mikha, on s'était juré de toujours être là l'une pour l'autre. On avait prêté des serments et tissé des liens de sang.

La porte s'ouvre doucement et Ielena apparaît, une chandelle à la main.

— Je croyais que tu dormais, dit-elle en me voyant.

Puis elle découvre mon visage baigné de larmes et se précipite pour me prendre dans ses bras :

— Que s'est-il passé ?

— C'est Mikhaela, dis-je. Elle a disparu.

— Tu es sûre ?

— Boden dit qu'elle est partie avec un homme, mais je ne le crois pas.

— Boden, c'est le vieil homme des cuisines?

— Tu le connais?

— Pas vraiment. Il passe parfois apporter des plats ici, ou déposer le thé. Je ne l'aime pas. Il a… Je ne sais pas. Il a cette façon de regarder les gens, je veux dire vraiment les regarder, comme s'il voyait au travers de votre peau. Tu crois qu'il t'a menti?

— Je ne sais pas. Il a pu se tromper, aussi.

Ielena fit la moue.

— Tu crois qu'il leur arrive quoi? dis-je.

— Je viens de Moscou, dit-elle. Là-bas, des filles qui disparaissent, ça arrive. Les gens trouvent toutes sortes de raisons : les filles fuient des parents violents, ou suivent le premier homme venu. Tout ça, ce sont des excuses. Certains hommes aiment forcer les femmes. Et celles qui résistent, ou qui n'ont pas assez honte pour se taire, il arrive que les hommes se chargent de les faire taire.

— Tu crois que c'est…

Ma voix reste coincée dans ma gorge. Ielena hausse les épaules :

— Je n'ai pas envie d'y croire. Mais il faut regarder la vérité en face : nous sommes un petit groupe de femmes, entourées d'hommes que nous ne connaissons pas, sur une île. Qu'est-ce qui est le plus crédible : que des jeunes filles sans ressources parviennent à trouver un bateau et à le manœuvrer, pour ensuite passer le reste de leur vie à se cacher des soldats, ou que des hommes… bref. Nous sommes des serves, notre vie ne vaut pas grand-chose. Ils le savent aussi bien que nous.

Je recommence à pleurer, et elle me prend dans ses bras.

— Tu veux qu'on la cherche ? dit-elle soudain.

Je ravale mes larmes pour demander :

— Où ? Maintenant ? Comment ?

— Si quelqu'un a fait du mal à ton amie, il n'est peut-être pas trop tard. Alors oui, maintenant.

— Il fait nuit. Tu n'as pas peur ?

Elle prend un peu de temps avant de répondre :

— Quand Olga a disparu, je n'ai pas eu le courage de partir à sa recherche. Mais ce soir nous sommes deux. Et j'ai ça :

De sous son jupon, elle tire un couteau.

— Je l'ai pris en cuisine l'autre jour, explique-t-elle. J'en ai assez d'avoir toujours peur.

Elle se lève :

— Tu viens ?

Je la suis dans le couloir silencieux.

De gros nuages noirs ont envahi le ciel et plongé la forteresse dans la nuit la plus sombre depuis mon arrivée.

— Commençons par vérifier sa chambre, dit Ielena.

De l'autre côté de la cour, la lumière brille toujours dans les cuisines, et j'entraîne Ielena dans cette direction.

Les feux couvent dans les grandes cheminées. Demyan et Feliks dorment dans leur coin, leurs respirations emmêlées. Les ronflements de Gallina résonnent dans le garde-manger. Une lampe est restée allumée sur la grande table, projetant une lumière dorée sur le visage ridé de Boden. Le vieil homme sculpte toujours son morceau de bois. De là où je suis, je ne vois pas en quoi il le façonne. Et je m'en moque.

J'attire Ielena vers le dortoir, pousse doucement la porte. Un concert de ronflements nous accueille, et un mélange d'odeurs corporelles me prend à la gorge. Ielena étouffe une exclamation. Visiblement, elle n'a jamais partagé un dortoir avec dix autres personnes.

La couche de Mikhaela est toujours vide. Dans la lumière de l'unique lampe, j'examine les dormeuses, une à une. Mon amie n'est pas là. Nous ressortons sans faire de bruit.

— Et maintenant? dis-je.

— Il faudrait vérifier au pied des remparts. Mais les gardes de nuit ne nous laisseront pas sortir.

— Je sais pas où passer.

Je l'entraîne vers la porte discrète qui ouvre sur la grève :

— Des filles de cuisine sortent par ici tous les jours, dis-je. On jette les ordures d'un côté, et on fait la vaisselle de l'autre.

La porte n'est pas gardée. Elle est fermée par une grosse barre de bois : impossible à ouvrir depuis l'extérieur de la forteresse, mais très facile à retirer de l'intérieur des remparts.

Un concert de crissements, et dans la lumière de la chandelle, je vois une armée de créatures s'enfuir sur les rochers. Des crabes.

— Je déteste ces bêtes, souffle Ielena. On dirait de grosses araignées.

Je lui prends la chandelle des mains et j'approche du tas d'ordures. J'entends d'autres bêtes s'agiter dans le noir. Probablement des rats, ou peut-être des renards, s'il y en a sur cette île. J'avance encore un peu. Des yeux brillent dans le noir, me fixent un moment, clignent et disparaissent.

Ielena est restée en arrière :

— Tu vois quelque chose ? souffle-t-elle.

— Non, dis-je, sans savoir si je suis soulagée de ne pas trouver le cadavre de Mikha, ou inquiète de ne pas savoir où elle est.

Je tourne le dos aux immondices et inspecte le reste de la grève. Les vagues me lèchent les pieds. Loin, au-dessus de la mer, l'orage éclate. La lumière de la chandelle révèle le sable mouillé, les rochers, et rien d'autre. Soudain une voix nous interpelle, comme tombée du ciel :

— Halte, qui va là ?

Je me fige.

— Un garde, chuchote Ielena.

Je lève les yeux vers le haut des remparts, mais la lumière de notre bougie suffit à m'aveugler, et je ne vois rien.

— Je m'appelle Antonina, dis-je. Je suis couturière.

Ma voix tremble de peur. Celle qui me répond est ferme et sans pitié :

— Qu'est-ce que tu fais là ?

— Je cherche mon amie. Elle a disparu. Je m'inquiète. Vous ne l'avez pas vue ? Elle s'appelle Mikha…

— Par où tu es passée ?

— La petite porte, derrière les cuisines.

L'homme jure avant de dire :

— Reste où tu es, quelqu'un descend.

Ielena passe son bras sous le mien, et nous attendons.

Une nouvelle lumière apparaît. Deux soldats, dont l'un porte une lampe-tempête, et l'autre un fusil. Il braque l'arme sur nous.

— Alors ? appelle la voix des remparts.

— Deux filles, dit l'homme à la lampe.

— C'est tout ?

La voix semble déçue.

Les soldats nous font signe de les suivre, et nous obéissons. Un troisième homme nous attend derrière les cuisines. Je reconnais tout de suite la voix des remparts quand il demande :

— C'est quoi cette histoire de disparue ?

Je commence à regretter d'avoir évoqué mon amie. Si elle s'est vraiment enfuie…

Si elle s'est enfuie, elle est déjà loin, me dis-je. Mais si elle est en danger…

J'explique la disparition de Mikha, et celle d'Olga. L'homme hausse les épaules :

— Les serfs s'enfuient, dit-il. C'est la vie.

Je repense à ma voisine du dortoir, qui a préféré tenter sa chance avec un marin lubrique plutôt que d'affronter une nuit de plus dans la forteresse. Est-ce que Mikha aurait fait pareil ?

— Non, dis-je. Pas Mikha. Pas Olga.

— Et vous ? dit l'homme d'un ton soupçonneux. Vous ne seriez pas en train d'essayer de fuir ?

— Fuir comment ? intervient Ielena. Et pour aller où ?

— Pour rejoindre vos copines, peut-être.

— Mais puisqu'on vous dit que…

Le troisième soldat m'interrompt :

— Rien à signaler. Elles sont seules, et sans bateau.

L'homme qui nous fait face nous dévisage d'un air féroce, avant de grogner :

— Retournez vous coucher. Si je vous reprends à traîner dehors en pleine nuit, je vous jette en cellule.

Il n'a pas à nous le dire une seconde fois, et nous battons en retraite aussi vite que l'obscurité nous le permet. Nous remontons l'escalier qui mène à notre chambre quand Ielena se fige.

— Là, souffle-t-elle, tu vois ?

Une silhouette nous attend en haut des marches. Une femme. Mon cœur rate un battement.

Ielena appelle :

— Olga ? Olga, c'est toi ?

La silhouette recule, et Ielena s'élance à sa suite.

Je les rejoins tout au bout du couloir, devant la haute fenêtre. Olga s'est arrêtée dos au mur. Elle est comme Ielena me l'a décrite : de longs cheveux roux, des yeux sombres. Elle brille comme si sa peau pâle renvoyait la lumière de la lune, et Ielena lui fait face, bras tendu. Elle s'est figée dans son geste, et je l'entends sangloter. Je m'approche, et je découvre la raison de ses pleurs. La chandelle que tient Ielena éclaire Olga, droite dans sa robe de tous les jours. Mais la lumière éclaire aussi le mur derrière la jeune fille. Derrière le spectre.

Olga se tourne vers moi, me fait signe d'approcher. Je rejoins Ielena, à moins de deux pas du fantôme. Olga me fait encore signe d'approcher. Je fais un pas de plus, et le fantôme disparaît. Ielena pousse un cri. La chandelle lui échappe des mains et roule sur le parquet. Je la ramasse avant qu'elle ne cause un incendie, me brûle les doigts sur la cire chaude. Quand je me redresse, ma compagne m'attrape le bras et le serre à m'en faire mal.

— Regarde, souffle-t-elle.

Son doigt tremble alors qu'elle me désigne le mur, juste sous la fenêtre. J'y vois des signes, tracés dans un liquide épais qui dégouline vers le parquet.

J'avoue :

— Je ne sais pas lire. Qu'est-ce que ça veut dire ?

— « Vite », déchiffre Ielena, « il va lui faire du mal ».

Sous nos yeux les signes s'effacent, et bientôt il n'y a qu'un mur de pierres nues, et deux filles, pétrifiées par la peur.

20 - NINA

La chandelle brûle toute la nuit dans notre chambre, et nous ne fermons pas l'œil.

Aux petites heures, juste avant l'aube, je décide de retrouver l'amant de Mikhaela. Je dois savoir qui est ce « il » qui va faire du mal à mon amie, et je dois mettre un terme à ses agissements. Je me lève avant le soleil, traverse la cour silencieuse, et trouve Boden attablé dans les cuisines.

— Comment s'appelle-t-il ? dis-je.

— Nina, bonjour, fait Boden. Comment vas-tu ce matin ?

— L'amant de Mikhaela, comment s'appelle-t-il ?

— Elle ne te l'a pas dit ?

— Je ne l'ai pas écoutée, dis-je à contrecœur.

Boden lève un sourcil, vide la moitié de sa tasse de thé noir avant de reprendre :

— Si ce n'était pas important quand elle te l'a dit, pourquoi est-ce important maintenant ?

Je n'ai pas le temps pour ses devinettes, pas le temps pour ses sourires doux et ses réponses qui n'en sont pas.

— Je veux lui parler.

— Il est parti avec elle.

— À ses collègues, alors.

Boden repose sa tasse avec un long soupir.

— Je suis bien vieux. J'ai oublié le nom du jeune homme. C'était un ouvrier. Un maçon, ou un charpentier... je pense.

— Est-ce que tu lui as fait du mal ?

— Moi ? Je ne l'ai vu qu'une fois.

— À Mikha. Est-ce que tu as fait du mal à Mikhaela.

— Nina ! Je ne suis qu'un vieil homme un peu sénile qui attend son heure au coin du feu. Pourquoi irais-je faire du mal à Mikhaela ? Une petite si charmante...

Quand je quitte les cuisines à grands pas, je ne sais que penser. Mais je commence à partager la méfiance de

Ielena vis-à-vis de Boden.

Dans la cour, les premières équipes d'ouvriers se mettent en place. J'interpelle tous les hommes qui passent à portée de voix, et leur pose la même question : un de leurs collègues a-t-il disparu récemment ? Un jeune homme peut-être ?

Tous me font la même réponse, négative.

Ielena me rattrape alors que je me dirige vers la garnison.

— Nina, qu'est-ce que tu fiches ?

— Pas un seul ouvrier ne manque à l'appel, dis-je.

— Et ?

— Boden affirme que Mikhaela est partie avec son amant.

— Quel rapport avec la garnison ?

— Je vais vérifier si aucun soldat n'est parti récemment.

Elle me retient par le bras et me force à la regarder :

— J'ai besoin de toi à l'atelier.

— Hein ? Quoi ?

— Madame vient de recevoir un message : la tsarine arrive dans quelques heures. Rien n'est prêt.

— Je m'en fiche. Je dois tirer cette histoire au clair,

trouver l'homme qui veut faire du mal à Mikha.

Ielena ferme les yeux, prend une profonde inspiration :

— Si un soldat déserte, c'est la peine de mort. Alors ils n'iront pas dénoncer un copain auprès d'une serve inconnue. Suis-moi à l'atelier maintenant, et je demanderai à Madame de se renseigner pour nous.

— Elle acceptera ?

— Je pense, oui. Si quelqu'un fait vraiment du mal aux filles de la forteresse, elle voudra le savoir.

Je suis Ielena jusqu'à l'atelier. C'est une ruche en pleine panique. Au centre de la pièce, Madame donne des ordres dans son russe hésitant. Quand elle me voit arriver, elle pousse une exclamation que je ne comprends pas, et m'ordonne d'aller achever les broderies dans les appartements de Son Altesse. Je veux lui dire que j'ignore où sont ces appartements, mais deux couturières me chargent les bras d'étoffes et m'ordonnent de les suivre.

Sur le seuil, je me retourne vers Ielena. Elle parle à Madame. J'ignore ce qu'elle lui dit, mais j'espère qu'elle saura la convaincre.

Je passe la journée à broder des tentures et des coussins.

Je suis distraite. Je me pique plusieurs fois le doigt, et dois à plusieurs reprises défaire mon ouvrage pour le recommencer. Les couturières s'affairent autour de moi comme des abeilles. Des charpentiers viennent aussi livrer des meubles, et j'en profite pour les interroger à la sauvette. Avec toujours aussi peu de résultat.

Madame houspille tout le monde, et à mesure que la journée avance, elle perd de plus en plus sa maîtrise du russe. Elle finit par lancer ses ordres dans sa langue natale, que personne ne comprend. Ça ne change pas grand-chose. Elle nous a tellement répété les mêmes consignes que nous pourrions travailler sans sa présence. Ce serait plus reposant.

Une commotion dans la cour attire l'attention de Madame, qui se précipite à la fenêtre. Elle lève les bras au ciel, pousse un cri et quitte la pièce en courant, ses encombrants jupons relevés jusqu'aux genoux.

Dès qu'elle est partie, nous lâchons toutes nos ouvrages et nous massons près des fenêtres. Le tsar et la tsarine entrent dans la forteresse.

Le tsar est un géant. Son uniforme est froissé, ses bottes toutes crottées, mais il dégage une prestance presque surnaturelle.

À ses côtés, la tsarine semble frêle. Mais c'est aussi le cas des officiers et des soldats qui entourent le couple.

Nous les observons pénétrer dans la cour, saluer officiers, soldats et ouvriers. La petite silhouette de Madame et ses grands jupons traverse soudain l'espace.

Elle s'arrête à quelques pas de la tsarine, effectue une révérence fluide et complexe. La tsarine approche, prend les mains de Madame dans les siennes. Que ne donnerions-nous pas pour entendre les paroles que les deux femmes échangent !

Mais déjà Ielena frappe dans ses mains :

— Son Altesse voudra se reposer après son long voyage, et rien n'est terminé. Allons, nouez les derniers fils, rangez vos aiguilles, et débarrassez le plancher !

Nous obtempérons et nous précipitons vers l'atelier, à l'étage supérieur. Nous nous massons toutes contre les fenêtres. Le tsar et la tsarine ne sont plus dans notre champ de vision, mais nous assistons à l'arrivée de personnages forcément importants, puisqu'ils ont voyagé avec le couple régnant. Sans parler de leurs atours. Ce sont des hommes en uniformes, des femmes en belles robes, et des enfants parés comme des princes. Après eux viennent des serviteurs fourbus. Puis les hommes de la garnison entreprennent de transporter des montagnes de coffres, sacs et caisses. Aux affaires personnelles succèdent des victuailles et des tonneaux de vin. Puis viennent les chargements de pierre et de bois de construction. Le tsar n'est pas venu les mains vides.

Des bruits de bottes et des voix nouvelles prennent possession du bâtiment. Les étages nobles reçoivent leurs occupants. Je brûle d'envie d'aller jeter un œil, et je vois bien que je ne suis pas la seule. Mais Ielena est inflexible : nous n'avons pas terminé notre journée de travail, et personne ne quittera l'atelier avant l'heure du dîner.

Nous nous remettons donc à la tâche, de mauvaise grâce. Les couturières assemblent de nouvelles chemises de nuit pour la tsarine. Je brode des mouchoirs. Rien de tout cela n'est bien excitant. Alors nous tendons l'oreille, dans l'espoir de percevoir quelques paroles de nos augustes hôtes. La journée s'achève ainsi, dans une ambiance à la fois fébrile et feutrée, excitée et frustrée.

Madame ne parait pas de la soirée, et je trouve Ielena nerveuse, et un peu triste. Quand nous regagnons notre chambre, je lui demande :

— Ça va aller ?

— Bien sûr, pourquoi ?

— Maintenant que la tsarine est là, est-ce que nous allons encore voir Madame tous les jours ?

Elle m'offre un pâle sourire :

— La présence de la tsarine et des dames de cour lui manquait beaucoup. Avec la meilleure volonté du monde, nous ne pouvons pas rivaliser.

— Pas même toi ?

J'ai posé la question du bout de la langue, parce que nous n'avons jamais évoqué sa relation avec Madame.

— Pas même moi. Mais dans quelques nuits elle me reviendra.

Je me couche en songeant à l'étrange relation qu'entretiennent les deux femmes. Puis mes pensées reviennent à Mikhaela, et l'angoisse me reprend. Je finis par me redresser et demander :

— Pour Mikhaela…

— Je lui en ai parlé ce matin. Pas du fantôme d'Olga, mais des disparitions en série, et de Mikhaela. L'idée qu'un homme fasse des ravages dans la forteresse ne l'étonne pas. Mais imaginer qu'on puisse s'en prendre à ses filles… elle ne le permettra pas. Elle va nous aider.

Nous aider ? Mais quand, et comment ?

Si seulement je savais où chercher.

Si seulement Olga s'était montrée plus précise.

21 - BODEN

L'arrivée du tsar a mis la forteresse en ébullition. Dans son recoin de cuisine, Boden a l'impression d'être au milieu d'une fourmilière. Gallina s'agite comme une poule sans tête et houspille son équipe comme jamais. Le tsar est arrivé avec une compagnie restreinte — quelques officiers et des conseillers, si Boden en croit ce qu'il a pu apercevoir. La tsarine s'est entourée de trois dames de compagnie et d'une poignée de servantes. Les cuisines peuvent largement nourrir ces bouches supplémentaires. Mais Gallina s'inquiète de l'impression que son ouvrage fera sur ces palais raffinés. Heureusement, la suite de la tsarine a apporté de quoi améliorer l'ordinaire. On rôtit des volailles dans les cheminées pendant que du porc mijote pour le lendemain. Gallina ajoute des fruits confits aux miches de pain destinées à l'aile noble de la forteresse.

— Pourquoi elle a si peur ? souffle Feliks.

Le jeune garçon s'est éloigné des feux ronflants le temps d'une pause. Il jette des regards en coin à la matrone, qui ronchonne toute seule face à son plan de travail couvert de farine.

— Qu'est-ce qui te fait dire qu'elle a peur ? demande Boden.

— Je l'ai entendu marmonner quelque chose à propos des étrangers qui veulent la remplacer. Tu crois que des étrangers vont tous nous remplacer ?

— Je ne vois pas pourquoi…

Une fille de cuisine s'approche avec des airs de conspiratrice :

— On dit qu'à Moscou, les cuisiniers sont français, et qu'ils préparent des plats bizarres. Des trucs qu'on ne sait même pas prononcer…

— Ah… souffle Boden. Oui. Votre tsar aime la culture européenne. Comme la tsarine et sa couturière hollandaise.

— Alors, fait Feliks, tu crois que des Français vont nous remplacer ?

— Quand le tsar aura fait achever son palais, je suppose que ses chefs français viendront y travailler. Mais il y aura toujours ici une garnison à nourrir. Et ça m'étonnerait qu'on leur donne des plats français.

Le gamin laisse échapper un petit soupir de soulagement, avant de faire un bond quand la matrone hurle son nom.

— Qu'est-ce que tu fais là-bas, fainéant ! Va tourner ces broches avant que la viande ne soit toute brûlée !

Il déguerpit sans demander son reste, et Boden recommence à découper ses légumes. La nervosité de Gallina serait drôle à observer, si seulement la matrone leur laissait cinq minutes pour souffler. Boden a mieux à faire que d'éplucher des racines.

22 - NINA

Plusieurs jours se sont écoulés depuis l'arrivée de la tsarine, et l'activité de l'atelier a repris un niveau plus supportable. Madame ne vient plus que pour me confier quelques broderies pour la tsarine. Le reste des filles travaillent à la demande des servantes des autres dames de la cour — trois des amies les plus proches de la tsarine, d'après les ragots. Ces dames ont visiblement souffert du long voyage depuis Moscou. L'automne est installé à Saint-Pétersbourg, mais le froid n'a pas encore gelé les routes du pays. Les ourlets des robes de voyage témoignent d'escales boueuses et salissantes. Les lavandières ont nettoyé ce qu'elles pouvaient, mais il faut parfois remplacer le tissu. Et nous n'avons pas tant d'étoffe en réserve.

Ielena secoue la tête en examinant une de ces robes souillées au-delà de tout espoir.

— Il faut changer toute la partie basse, explique-t-elle à une couturière. Nous avons un coupon qui pourrait convenir, mais il fait partie des tissus de la tsarine…

Ielena se lève et annonce :

— Je vais demander l'autorisation à Madame.

Dès qu'elle quitte la pièce, les commentaires fusent.

— J'ai un reste de coupon qui ferait très bien l'affaire, commente la doyenne des couturières.

— Mais tu n'es pas Madame, répond une jeune fille avec un clin d'œil.

— Cette Ielena, dit une troisième femme, elle a cru qu'elle était parvenue, que son étrangère allait lui ouvrir les portes du grand monde. Mais quand on est une serve, on le reste.

— On dit que la tsarine a été servante chez un pasteur, souffle la doyenne.

— Faut pas rêver, ça ne nous arrivera pas…

Les papotages se poursuivent, mais je n'écoute plus. L'image de Mikha s'est imposée à moi, et les questions reprennent leur ronde folle dans ma tête. Pourquoi est-elle partie ? Où ? Qui est cet amant, et comment l'empêcher de faire du mal à ma douce Mikha ?

Les journées sont de plus en plus courtes, et nous n'avons bientôt plus assez de lumière pour travailler.

Nous pourrions poursuivre à la chandelle, mais Ielena n'est pas reparue, et en l'absence de Madame, cela veut dire qu'il n'y a personne pour nous forcer à travailler. Certaines restent sur place pour discuter en finissant un dernier thé. Je décide d'aller me coucher. Je monte les marches à pas lents, concentrée sur Mikha et le moyen de retrouver sa trace. Si elle est vraiment partie, quelqu'un l'a fait traverser. Si elle est toujours sur l'île, quelqu'un doit l'avoir vue. Parvenue à la porte de ma chambre je me suis convaincue de l'urgence d'interroger les soldats. Je suis sur le point de faire demi-tour quand un son étouffé me parvient de l'intérieur de la chambre. Des sanglots.

Quand je rentre, la pièce est sombre. Ielena est allongée sur son lit. Elle me voit et se tourne vers le mur. Je m'assieds sur le bord de son lit :

— Que s'est-il passé ? Est-ce que… tu as eu des nouvelles d'Olga ?

— Non.

— C'est Madame ?

Ielena se jette dans mes bras :

— Comme j'ai été stupide, sanglote-t-elle. J'étais prête à tout lui donner, comme si je n'étais pas une serve…

— Et elle ne veut pas de toi ? C'est elle qui est bien bête.

Ielena secoue la tête, renifle :

— Elle a raison. Je voulais m'offrir à elle, mais on ne peut donner ce qu'on ne possède pas. Je suis une serve, ma vie ne m'appartient pas.

Je la serre dans mes bras jusqu'à ce qu'elle se calme, et l'installe dans son lit comme un enfant.

Le lendemain, elle travaille toute la journée, le regard fixe. Elle me rappelle le fantôme d'Olga. En fin de journée elle disparaît à nouveau. Je monte me coucher et quand je m'endors elle n'est toujours pas là.

Je ne sais où se termine le rêve et où commence la réalité. Je suis dans mon lit, et une silhouette lumineuse se tient debout au-dessus de moi.

— Olga ?

Olga me fait signe de la suivre dans le couloir. Elle s'arrête sous la petite fenêtre et me parle, mais je n'entends rien. Elle finit par se retourner et tracer des signes sur le mur, avec son index. Le tracé est rouge : Olga écrit avec son sang.

— Je ne sais pas lire ! dis-je. Olga, je ne comprends pas !

Mais déjà l'image d'Olga se brouille, devient de plus en plus transparente. Olga disparaît, me laissant face à trois lignes de signes incompréhensibles. Alors que la ligne du haut s'efface déjà, je me concentre sur celle du bas, et suis le tracé des signes avec mon propre index. Comme s'il s'agissait de motifs de broderie, je mémorise les lignes, les courbes, les angles et les espaces. Quand le dernier signe disparaît, je tourne les talons et me précipite dans ma chambre. Ielena dort à poings fermés, et je dois la secouer :

— Olga est revenue ! dis-je. Elle m'a laissé un message.

La mention d'Olga achève de réveiller Ielena.

— Quel message ? Où ?

— Dans ma tête, dis-je. J'ai besoin de toi pour le lire. Donne ta main.

Dans sa paume, je trace le premier signe.

— C'est un B, je crois, dit-elle.

Je trace les signes suivants, un à un. Parfois elle me demande de recommencer, car elle ne comprend pas, mais nous parvenons à déchiffrer les cinq signes :

— B.O.D.E.N, conclut Ielena. Ça fait « Boden ». Et ensuite ?

— C'est tout ce que j'ai pu retenir, dis-je. Il y avait deux autres lignes de signes avant ça, mais elles s'effaçaient trop vite, alors j'ai préféré me concentrer sur la dernière. Je suis désolée.

— Pour quelqu'un qui ne sait pas lire, c'est déjà bien. Je me demande pourquoi Olga t'est apparue à toi. Si elle m'avait montré son message, j'aurais pu le lire.

Elle tripote un pendentif que je ne lui connaissais pas. Il fait trop sombre dans la chambre pour que je distingue de quoi il s'agit, alors je demande :

— Qu'est-ce que c'est ?

— Une pierre d'ambre. Cadeau de Madame pour se faire pardonner.

Elle laisse retomber le bijou contre sa poitrine :

— C'est pas ça qui va répondre à nos questions. Qu'est-ce qu'Olga a voulu te dire ?

— Soit je dois parler à Boden…

— Soit tu dois te méfier de lui.

— Dans les deux cas, il sait quelque chose d'important. Il faut que je lui parle.

— Non ! Si ça se trouve, Olga voulait te dire de l'éviter. Il est peut-être dangereux.

— Tu crois que c'est lui, l'homme qui va faire du mal à Mikhaela ?

Ma voix se brise sur cette question. Dans la pénombre, la main de Ielena trouve la mienne :

— Nous allons tirer cette affaire au clair, me dit-elle. Il est grand temps.

23 - BODEN

Plusieurs jours se sont écoulés depuis l'arrivée du tsar. Boden commence à perdre patience. Gallina continue à se démener dans l'espoir de satisfaire ses hôtes de marque. C'est peine perdue. Les servantes de ces dames de Moscou viennent directement chercher les plats en cuisine, et ne se gênent pas pour faire savoir le déplaisir de leurs maîtresses. Petits pelemni fourrés à la viande, koulibiak à la croûte dorée et parfumée, ou même un kissel bien sucré, rien ne trouve grâce à leurs yeux. La nourriture est « trop russe », et le temps de traverser la cour, les plats sont déjà froids. Elles se plaignent aussi pêle-mêle des bruits des travaux, du manque de confort et des jours qui sont trop courts si loin au nord, ce qui plonge ces dames dans une mélancolie frissonnante.

L'entourage du tsar aussi maudit la brièveté des journées, mais pour des raisons pratiques. Boden s'arrange pour apporter les repas à ces messieurs. Il ne les sert pas, se contentant de déposer les plats dans une antichambre. Les gardes ne le laissent pas aller plus loin.

Même s'il n'a pu croiser ni le tsar ni ses conseillers, il peut les entendre parler. La voix de Pierre porte loin. Surtout quand il s'énerve après ses chefs de chantiers et ses conseillers militaires. Les travaux de la forteresse n'avancent pas assez vite, et avec la nuit qui dure de plus en plus longtemps, les choses ne sont pas près de s'arranger. Bientôt l'hiver sera là. La mer sera prise par les glaces, ce qui signifie que la forteresse sera accessible à pied. Et ces fichus Suèdes semblent préparer une offensive…

Boden s'agace. Un ennemi bien pire que les Suèdes, le froid et la nuit combinés menace la forteresse, et Boden semble le seul à s'en soucier.

24 - NINA

Le froid me tire de mon premier sommeil. Une main glacée s'est posée sur mon épaule. Olga.

Mon premier réflexe est de réveiller Ielena, mais Olga m'arrête. Par signes, elle me dit de laisser notre amie dormir, et de la suivre dans le couloir. Cette fois, elle ne m'emmène pas vers la petite fenêtre, mais descend l'escalier étroit. Au premier étage, elle s'approche d'une des grandes fenêtres qui donnent sur la cour. Elle pointe le doigt. Il fait nuit noire, mais je ne tarde pas à distinguer trois autres silhouettes lumineuses au milieu de la cour. D'autres spectres ?

Je souffle :

— Qui est-ce ?

Mais Olga a disparu.

J'observe un instant les autres spectres. Ils s'éloignent de moi, se dirigent vers les cuisines.

Est-ce que je dois les suivre?

Je n'en ai aucune envie.

Pourquoi Olga n'a-t-elle pas voulu que je réveille Ielena? Avec elle, j'aurais eu moins peur.

Et si j'allais la chercher?

Mais les spectres risquent de disparaître entre temps.

J'en suis là de mes hésitations lorsque l'un des spectres s'arrête, se retourne en partie vers moi, et d'un large geste du bras, m'invite à le suivre.

Je pense à Mikhaela qui attend que je vienne la sauver, et pour elle décide de faire fi de ma peur. Je descends l'escalier en courant. Mes pieds nus ne font pas de bruit sur les marches de pierre.

Au rez-de-chaussée, les portes sont barricadées pour la nuit. J'ouvre un battant, juste assez pour me glisser à l'extérieur. Dans la cour, les spectres n'ont pas bougé. Ils m'attendent. J'hésite à nouveau. Maintenant que je ne suis plus qu'à quelques dizaines de pas du groupe de fantômes, je prends conscience du danger. S'ils décident de m'attaquer, ils peuvent être sur moi avant que je comprenne ce qu'il se passe. Mais ils ne semblent pas menaçants. Je plisse les yeux pour mieux les observer. Comme leurs silhouettes dégagent une lumière pâle, ils sont à la fois faciles à repérer, et difficiles à détailler.

Il s'agit de trois filles, de ça je peux être sûre.

Elles portent des robes aux lignes simples, et leurs corps semblent frêles. Des jeunes filles, donc. Comme moi. Probablement des serves. Comme moi. L'une d'elles me fait à nouveau signe de les suivre. Je fais un pas en avant, et les trois spectres se remettent en marche.

Nous traversons ainsi l'espace encombré par les matériaux de construction fraîchement débarqués, nous glissons entre des tas de pierre de taille et des poutres de chêne. De temps à autre, les spectres se retournent, comme pour vérifier que je suis toujours là. Sans la lumière que dégagent leurs silhouettes, je n'y verrais goutte. Mais elles sont comme trois rayons de lune qui me guident dans la nuit.

J'avais cru que les spectres se dirigeaient vers les cuisines, mais très vite elles bifurquent vers la petite église qui s'élève, isolée du reste de la forteresse.

Soudain une voix d'homme retentit :

— Halte, qui va là ?

Les gardes !

Je m'accroupis et tourne la tête en direction de la voix. Là-bas, au sommet des remparts, la lumière d'une lampe.

De là-haut, le soldat peut voir les trois spectres

lumineux, mais il ne m'a probablement pas remarquée. Je me fais toute petite.

Les spectres, eux, poursuivent leur marche comme si de rien n'était. N'ont-elles pas entendu, ou se moquent-elles du soldat?

— Qui va là! répète le soldat.

Des bruits de porte et de cavalcade m'annoncent l'approche d'autres gardes. Les spectres poursuivent leur route, mais moi je rebrousse chemin. Courbée pour ne pas attirer l'attention, je me glisse à nouveau entre les tas de matériaux. De là, j'observe.

Trois soldats arrivent au pas de course. L'un d'eux tient une lampe à bout de bras, les deux autres sont armés de fusils. La lumière de la lampe se reflète sur les baïonnettes.

Les spectres se sont enfin arrêtés. Ils se tournent vers les soldats, comme pour les attendre. À quelques pas du groupe de fantômes, les hommes s'immobilisent.

— Qui… Qui va là? demande une nouvelle voix.

Les spectres se détournent, reprennent leur marche.

Les soldats ne bougent pas.

— Saisissez-les! ordonne la voix depuis le rempart.

Ah! Facile à dire de là où il est. Les soldats, eux, n'ont pas l'air pressés d'obéir.

— Saisissez-les, ou je vous jette tous au cachot!

Les soldats se regardent, comme pour se concerter. Ils font un pas en direction des spectres, puis deux. Comme rien ne se passe, ils s'enhardissent et reprennent le pas de course. Ils rattrapent les fantômes en quelques instants.

Dès que la lumière de la lampe tombe sur le premier spectre, tous les trois disparaissent. Les silhouettes s'évaporent, laissant les soldats éberlués.

Moi, je suis frustrée. Ces fantômes avaient quelque chose à me montrer. Sans ces stupides soldats, peut-être m'auraient-elles conduite jusqu'à Mikha. Au lieu de quoi je reste à frissonner entre les blocs de pierre, en attendant que les gardes regagnent leurs baraquements.

J'ai dans l'idée que leur chef ne va pas accepter leurs explications, et qu'ils vont passer le reste de la nuit à fouiller la cour. Alors je me dépêche de retourner dans mon aile du bâtiment, de refermer la porte, et de retrouver la chaleur de mes draps.

Ielena dort toujours, mais je ne parviens pas à l'imiter.

Mikha n'était pas au nombre des spectres. J'aurai reconnu sa silhouette, j'en suis certaine. C'est bon signe. Elle est peut-être encore vivante. Mais pour combien de temps? Et où?

La prochaine fois que les spectres m'apparaîtront, je dois les suivre jusqu'au bout. Comment faire, avec ces gros lourdauds de soldats qui patrouillent sans cesse ? Maintenant que le tsar et la tsarine sont là, j'ai l'impression que les gardes sont beaucoup plus visibles, dans tous les recoins de la forteresse. C'est sans doute une bonne chose, et j'imagine que leur présence va mettre un coup d'arrêt aux disparitions. Mais qu'en est-il des filles qui ont déjà disparu ?

Quand l'épuisement a raison de moi, j'ai pris ma décision : la prochaine fois, je suivrai les spectres jusqu'au bout. Coûte que coûte.

25 - NINA

Une fois encore, la main glacée d'Olga me tire du sommeil.

— Je réveille Ielena, dis-je.

Olga secoue la tête, se place entre mon lit et celui de Ielena.

— Mais je ne sais pas lire ! On a besoin d'elle !

Nouvelle dénégation d'Olga, qui me fait signe de me taire et de la suivre. J'hésite un instant, avant de secouer Ielena :

— Réveille-toi, Olga est là !

Ielena se redresse dans son lit. Au même moment, Olga disparaît.

— Où elle est ? marmonne Ielena.

— Elle était ici, dans la chambre.

Ielena se frotte les yeux :

— Je ne la vois pas.

— Elle vient de repartir.

Par acquit de conscience, je vérifie le couloir. Il est désert.

— Tu as dû rêver, marmonne Ielena. Rendors-toi.

Elle-même replonge vite dans le sommeil. Je m'installe sous ma couverture et fixe le plafond.

Pourquoi Olga est-elle repartie si vite ? Parce que j'ai réveillé Ielena ?

Je ne comprends pas. Les deux filles étaient amies. Pourquoi Olga ne veut-elle plus apparaître à Ielena ?

Peut-être pour ne pas lui faire de peine ?

Oui, c'est sans doute ça. J'ai été bête.

Sauf que sans Ielena, les apparitions d'Olga sont inutiles. Le fantôme ne parle pas, et moi je ne sais pas lire.

Il faudrait que je demande à Ielena de m'apprendre. Et en attendant, je pourrais me procurer une mine de plomb et une feuille de papier, pour recopier les messages d'Olga.

Je décide d'en parler à Ielena dès le lendemain matin, et ferme enfin les yeux.

La main glacée d'Olga me réveille en sursaut.

Trois visites en une nuit ? Le spectre doit avoir un message important à me communiquer.

Cette fois je ne discute pas avant de la suivre.

Au bout du couloir, sous la petite fenêtre, elle me fait face en silence.

— Tu sais où est Mikha ? dis-je.

Olga hoche la tête. Mon cœur bondit dans ma poitrine.

— Elle est en vie ? Elle va bien ?

Olga hoche la tête, puis fait la moue.

— Elle est en vie, mais elle ne va pas bien ?

C'est ça.

Seigneur, je n'ai plus de temps à perdre.

— Tu peux me montrer où elle est ?

Olga me tourne le dos et commence à écrire sur le mur.

Mais ce qu'elle trace, je le reconnais. Ce n'est pas un mot. C'est un motif. De ceux que Baba brodait en cachette sur nos chemises de corps, de ceux que les prêtres nous interdisent de porter : les symboles des anciens dieux, que le Seigneur et sa croix ont remplacés. Un cercle, traversé de quatre lignes qui se croisent en son centre. Tout autour, des croissants de lune.

Ce dessin, je le connais bien. C'est la marque que Boden porte sur le front.

Olga et la marque disparaissent en même temps.

Je tourne les talons, dévale les escaliers, et je suis au milieu du couloir du premier quand la réalité me rattrape : je ne peux pas aller voir Boden en pleine nuit. Par la fenêtre, je vois la lampe des gardes qui font leur ronde dans la cour. La cabane où loge le vieil homme est toute proche des cuisines, à l'opposé de là où je me trouve. Si les soldats me surprennent, ils me jetteront au cachot. Je dois attendre le matin.

Mais Mikha est en danger. Olga dit qu'elle ne va pas bien. Je ne peux pas attendre. Je dois parler à Boden avant qu'il ne soit trop tard.

Je décide de tenter ma chance.

Le ciel est dégagé, et je ne sais pas si c'est une bonne chose.

D'un côté, on y voit assez pour se passer de lampe.

D'un autre, dans ma chemise de nuit claire, j'aurai du mal à passer inaperçue.

Je tente le tout pour le tout.

La lampe des soldats s'éloigne vers les quais, et j'en profite pour me glisser hors du bâtiment. Je trotte aussi vite que je le peux entre les tas de matériaux. Les soldats peuvent revenir à tout moment. Et là-haut, sur le rempart, leur chef veille peut-être.

Mon cœur bat trop fort. J'ai l'impression que toute la forteresse peut l'entendre. Mais les soldats font encore plus de bruit que moi. Leurs bottes font crisser le gravier, et même s'ils parlent à voix basse, j'entends leur conversation avant même de voir la lumière de leur lampe.

Ils reviennent vers moi.

Je me recroqueville entre deux blocs de pierre blanche, en espérant que la couleur de ma chemise se confondra avec celle de la pierre. Il fait froid cette nuit. Ma respiration crée de petits nuages de vapeur.

— Je t'assure que j'ai vu quelque chose bouger par ici, dit l'un des soldats.

— Encore un de tes fantômes, raille l'autre.

— Tu peux te moquer, répond le premier. Vous, les gars de Moscou, vous nous prenez pour des attardés. Attends un peu d'avoir passé autant de temps que moi ici, et on en reparlera.

— Monsieur le fantôme, appelle l'autre soldat, bravache.

— Mademoiselle, le reprend son camarade.

— Hein ?

— C'est toujours des jeunes filles.

— Oh, charmant ! Et d'où sortent ces demoiselles ?

Le soldat ne répond pas. Tous les deux sont maintenant dans mon champ de vision. Ils traversent la place à grands pas tranquilles, pas plus décidés que ça à me débusquer. Je suppose que celui qui m'a vue et m'a prise pour un spectre n'est pas motivé pour affronter un fantôme. L'autre doit penser qu'on se paie sa tête.

Je les laisse traverser la cour avant de repartir à toute vitesse vers les cuisines. Quand je parviens près du puits, je m'accroupis près de la margelle, le temps de reprendre mon souffle.

Les fenêtres des cuisines laissent filtrer la lueur dorée des feux mourants. Les ronflements de Gallina se mêlent à ceux qui viennent du dortoir. Je contourne les deux bâtiments de bois. Les cuisines sont adossées au rempart. Quelques dizaines de pas plus loin, un autre bâtiment s'appuie sur la muraille. Beaucoup plus petit que les immenses cuisines, il a tout d'une cabane d'ermite. C'est là que dort Boden.

Muni d'une porte, mais dépourvu de fenêtre, l'abri est formé de troncs tordus, ceux que les charpentiers n'ont pas pu utiliser pour bâtir la forteresse. Comme les troncs sont tous tordus de manière différente, les murs de la cabane sont percés de nombreux jours. Ce qui me permet de constater que malgré l'heure tardive, une chandelle brûle chez Boden. Je m'approche à pas de loup. Des murmures me parviennent. Deux voix d'hommes. L'une appartient à Boden. L'autre est profonde et distinguée. Furieuse, aussi. Surtout, elle m'est inconnue. Je tends l'oreille.

— Tu en fais trop, dit l'inconnu. Les gens ne sont pas aveugles.

— Les gens ont besoin qu'on les protège, répond Boden. C'est ma mission, et je sais ce que je dois faire pour la mener à bien.

— S'ils te découvrent, c'en est fait de toi et de ta mission, répond l'inconnu. Tu dois te montrer plus discret.

— La discrétion est un luxe que nous n'aurons plus très longtemps, répond Boden. Je m'affaiblis de semaine en semaine, et il le sait.

— Les travaux de la forteresse avancent bien, dit l'inconnu. Les remparts tiendront face à…

— Les remparts ne pourront rien contre lui! s'emporte Boden. Quand comprendrez-vous que vos soldats, vos fortifications et vos décrets ne peuvent rien contre lui? Bâtir une ville ici est la pire des folies !

— N'oublie pas à qui tu t'adresses, gronde l'inconnu.

À qui s'adresse Boden, c'est justement ce que je meurs

de savoir. Je colle mon œil entre deux rondins. Je ne vois qu'une petite partie de la pièce. Boden me fait face. L'inconnu me tourne le dos. Il porte un vêtement sombre et ample, une cape ou un manteau. Et il est grand, très grand. Plus grand que tous les hommes que je connais. Grand comme…

— Je n'oublie pas, dit Boden. Mais Son Altesse aussi doit se souvenir que je suis plus qu'un vieil esclave, et je peux plus que d'éplucher les légumes. Je ne vous défie pas par vanité, mais par nécessité. La situation est tendue. Si nous reculons maintenant, je ne garantis rien.

« Son Altesse ? »

— De combien de temps disposons-nous ? demande l'homme… l'altesse… le tsar ?

— Deux jours, tout au plus.

Le tsar lance une bordée de jurons à faire rougir un charretier. Puis il sort de mon champ de vision. J'entends une porte s'ouvrir et se fermer, et je recule précipitamment dans l'ombre de la muraille. Mais personne ne franchit le seuil. Pourtant, dans la cabane, Boden souffle sa bougie. J'entends un lit craquer. Le vieil homme est seul désormais. Par où est parti le tsar ?

Qu'est-ce qu'il faisait là ?

De quoi lui et Boden parlaient-ils ?

Pourquoi Boden s'adresse au tsar avec une telle irrévérence ? Pourquoi le tsar laisse-t-il un vieil esclave s'adresser à lui sur ce ton ?

Les questions se bousculent dans mon esprit.

J'entends les voix des gardes. Encore lointaines, elles se rapprochent pourtant. Je ne peux pas rester là. Je ne me sens pas capable de traverser à nouveau la forteresse. Je décide de finir la nuit dans le dortoir. Je me glisse dans le bâtiment, retrouve mon ancienne couche, et déplie sur moi la couverture rêche.

L'air sent la vieille sueur et la mauvaise haleine. Mes voisines ronflent plus fort l'une que l'autre. Une branche a percé la toile de ma paillasse et me pique le dos. De toute façon je n'avais pas l'intention de dormir. Je passe les heures suivantes à retourner dans ma tête la conversation que je viens de surprendre. Plus j'y pense, moins j'y comprends quelque chose. Boden dit qu'il protège les gens ? Qui ? De quoi ? Comment ?

Et le tsar — LE TSAR ! — a dit que si « les gens » apprennent ce que Boden fait, « c'en sera fini de lui ». Qu'est-ce que ça peut vouloir dire ? Pourquoi les gens seraient fâchés de savoir que Boden les protège ?

Rien de cela n'a de sens.

Je finis par somnoler, puis je me réveille en sursaut. Le ciel est encore sombre, mais ça ne veut rien dire : le soleil se lève de plus en plus tard. Bientôt, affirment les habitués, nous n'aurons plus que quelques heures de lumière par jour. Je quitte ma couche en silence, replie ma couverture et me glisse hors du dortoir. Il y a de la lumière en cuisine. On viendra réveiller les filles d'une minute à l'autre. Je m'éclipse avant de devoir expliquer ma présence.

Dans la cour, des brasiers ont été allumés, pour permettre aux ouvriers de commencer leur journée. Je les contourne au galop pour rester le plus possible dans l'obscurité. Si un garde m'aperçoit, il pensera probablement que je quitte le lit de mon amant. Pas très glorieux, mais mieux que d'être accusée de trahison. La porte de service est toujours déverrouillée, et je me glisse à l'intérieur avec un soupir de soulagement. Les escaliers de service me permettent de regagner ma chambre sans croiser personne. Bientôt, la forteresse se réveille.

26 - NINA

Je passe la matinée à lutter contre ma distraction. Je manque de sommeil, mais surtout je manque de concentration. Autour de moi dans l'atelier, les langues vont bon train. Mes camarades s'échangent anecdotes et rumeurs concernant notre tsarine et son incroyable histoire.

— Vous saviez qu'elle a déjà été mariée ? Avec un Suédois, en plus.

— Moi j'ai entendu raconter qu'elle était la maîtresse du prince Mentchikov au moment où elle a rencontré notre tsar. Mais je n'y crois pas, bien entendu. Tout cela, ce sont des racontars de mauvaises langues.

J'entends les ragots, mais mon esprit reste concentré sur une autre conversation. J'ai beau la retourner dans tous les sens, je n'y comprends toujours rien. J'ai besoin de parler à Boden, et au plus vite. Je finis par reposer mon ouvrage et me lever. Ielena me lance un regard interrogateur :

— C'est l'heure du thé, non ? dis-je. Les filles de cuisine sont en retard. Je vais aller voir ce qu'elles font.

À cet instant on frappe à la porte de l'atelier, et Boden apparaît, chargé d'un plateau de noix et de biscuits secs. Derrière lui, une fille de cuisine porte le thé, les verres et les soucoupes. Je laisse mes camarades débarrasser une extrémité de la longue table pour recevoir les théières, et m'approche de Boden, sous prétexte de l'aider à disposer les victuailles :

— Il faut que je te parle, dis-je.

— Je t'écoute.

Je jette un coup d'œil autour de nous, mais les couturières sont plus intéressées par le thé et les biscuits que par ma conversation. À l'exception notable de Ielena, qui s'est approchée comme pour me soutenir. Je désigne le front de Boden, là où ses cheveux blancs ne dissimulent qu'en partie sa marque :

— Qu'est-ce que c'est ?

— Je ne te l'avais pas expliqué ? C'est mon premier maître qui me l'a faite, au fer rouge. Un symbole de mon statut d'esclave.

— Oui, mais le dessin, que représente-t-il ?

— Pourquoi cet intérêt?

Je consulte Ielena du regard avant de dire :

— J'ai vu un fantôme. Elle a dessiné ce motif sur un mur. Pourquoi?

— Un fantôme? Ma pauvre enfant…

— Que représente cette marque? dis-je encore. Pourquoi le fantôme me l'a-t-il montrée?

— C'est une protection, dit-il. Un signe de l'ancienne religion. Peut-être ton fantôme a-t-il voulu te protéger? Ou protéger l'endroit où il l'a tracé?

Ielena pince les lèvres, et je secoue la tête :

— Non, dis-je. C'était pour te désigner, toi. Elle a aussi écrit ton nom.

— Tu sais lire? Félicitations. Mais tu ne devrais pas faire confiance à une apparition. Les spectres ne sont pas connus pour vouloir le bien des vivants. Peut-être qu'une amulette pourrait…

Cette conversation ne nous mène à rien, et je m'impatiente :

— Où est Mikhaela? dis-je.

— Tu le sais bien : partie.

— Tu vas lui faire du mal?

— Nina ! fait-il comme s'il rabrouait un de ses petits-enfants.

Je décide de changer d'angle d'attaque et enchaîne :

— Pourquoi te rend-il visite la nuit ?

— Qui donc ?

— Tu le sais bien. Le… grand homme qui était dans ta cabane hier soir.

Le vieil homme me regarde avec des yeux écarquillés, avant de me tapoter la joue :

— Allons, Nina, tu as rêvé. Personne ne vient voir le vieux Boden dans sa pauvre cabane.

— Qu'est-ce que ce corbeau fait ici ? demande soudain une voix nouvelle.

Madame vient d'arriver. Elle s'est arrêtée dans l'encadrement de la porte pour foudroyer Boden du regard.

— Le thé, madame, répond celui-ci en montrant son plateau désormais vide, et les victuailles disposées sur la table.

— Tu n'approches pas mes filles, dit Madame d'une voix forte. Ni ici ni ailleurs.

Elle se tourne vers nous et lève un doigt :

— Et vous, mesdemoiselles, vous n'approchez pas, ne

parlez pas à ce vieux corbeau, compris ?

Enfin, elle se tourne vers Ielena :

— Qu'il sorte, maintenant.

Je prends le plateau des mains de Boden et en profite pour poser ma dernière question :

— Qui protégez-vous ?

Et soudain le masque tombe. Le vieillard souriant et peut-être sénile n'est plus, et j'ai devant moi Boden tel qu'il était la nuit précédente alors qu'il tenait tête au tsar :

— Tout le monde, dit-il. Même cette écervelée.

Puis il plaque un sourire innocent sur son visage ridé, laisse tomber ses épaules, et quitte la pièce à petits pas mal assurés.

— Qu'est-ce que c'était que cette histoire ? demande Ielena alors que je lui sers son thé. Le dessin ? Le visiteur nocturne ?

— Olga est venue une seconde fois hier soir, dis-je. Je crois qu'elle ne veut pas que tu la voies pour ne pas te faire de peine. En tout cas elle ne veut pas que je te réveille quand elle est là.

Elle me passe un biscuit sec et je poursuis à voix basse :

— Cette fois elle n'a pas écrit, elle a dessiné sur le mur du couloir. J'ai reconnu le motif, c'est celui que Boden porte sur le front.

— Je n'avais jamais remarqué ça. Il dit qu'on l'a brûlé au fer ? C'est horrible.

Je hausse les épaules — j'en ai vu d'autres. Mais j'imagine qu'en grandissant au service des nobles de Moscou, Ielena a amassé une expérience différente. Elle a appris à lire, déjà.

— Et cette histoire de visiteur nocturne ? demande-t-elle.

— Quand j'ai reconnu le dessin la nuit dernière, je suis allée voir Boden.

— En pleine nuit ? Et les gardes ?

— C'est pas passé loin. Je crois qu'ils m'ont prise pour un fantôme, parce que j'étais en chemise de nuit. Bref, je suis allée jusqu'à la cabane où dort Boden. C'est juste à côté des cuisines. Je voulais lui parler, mais il n'était pas seul.

— Qui était avec lui ?

Je n'ose pas lui dire la vérité — moi-même je commence à douter de ce que j'ai entendu.

— Un homme dans un manteau noir. Je n'ai pas vu son visage. Ils se disputaient, mais je n'ai pas réussi à comprendre de quoi ils parlaient.

166

— Tu crois que ça a un rapport avec les disparitions ?

— Je n'en suis pas sûre. Boden disait qu'il faisait tout pour protéger les gens, et l'autre homme le mettait en garde : si les gens découvrent ce que fait Boden, « c'en sera fini de lui ».

Ielena verse un peu de son thé brûlant dans sa soucoupe et souffle dessus pour le faire refroidir. Ses sourcils sont froncés, son front plissé par la réflexion. Puis elle secoue la tête :

— Ça ne veut rien dire.

— Je sais. C'est pour ça que c'est si frustrant. Et Boden refuse de répondre à mes questions.

— Cet homme ment comme il respire, dit Ielena.

Elle boit son thé à la soucoupe.

— Est-ce que c'est pour ça que Madame ne veut plus qu'on lui parle ?

— Je ne sais pas. Il faudra que je lui demande. Je crois que je l'ai inquiétée quand je lui ai parlé des disparitions. Elle a été très occupée avec l'arrivée de la tsarine, mais je vois que quelque chose la tracasse. Tu crois qu'Olga reviendra cette nuit ? Tu pourrais lui faire passer un message ? Dis-lui que moi aussi je voudrais la revoir. D'accord ?

27 – NINA

Après le dîner, je vais déposer la vaisselle sale en cuisine. Boden m'adresse un petit signe de la main depuis l'autre extrémité de la grande salle, avec cet air de grand-père un peu gâteux qu'il prend quand il se sait observé. Je l'ignore et repars sans rien dire.

Le soleil descend sous le sommet des remparts, et aussitôt l'air se rafraîchit dans la cour. Les ouvriers s'activent tant que la lumière le permet. On raconte que le tsar est furieux que les travaux de la forteresse ne soient pas encore achevés, et la tsarine s'impatiente, car sur l'autre rive de la Neva l'édification du palais a elle aussi pris du retard. J'observe les hommes qui taillent les pierres, les hissent au sommet des murs, ou achèvent un pan de toiture. Est-ce qu'un meurtrier se cache parmi eux? Boden affirme vouloir protéger «tout le monde», mais de quelle menace? Connaît-il l'identité de celui qui veut faire du mal à Mikha ? Sous le coup de la frustration, je fais demi-tour et repars vers les cuisines. Je fais quelques pas avant de m'arrêter. Boden a refusé de me répondre franchement jusqu'ici ; j'imagine mal qu'il commence maintenant. Je tourne une nouvelle fois les talons.

Au lieu de regagner l'atelier ou ma chambre, je bifurque vers l'église. Les portes sont ouvertes, et plusieurs personnes prient, agenouillées ici et là dans l'édifice.

Dans l'église, tout est en bois : le plancher, les murs, les sièges, l'autel et bien entendu les icônes peintes. Des cierges brillent devant les icônes, et des bougies sont disposées le long des murs, pour éclairer l'endroit. Je couvre ma tête de mon foulard et m'installe tout au fond, dans un coin dissimulé aux regards. Mains jointes, regard levé vers l'icône de la Vierge, je prie pour Mikhaela. Peu à peu l'édifice se vide. Quand le dernier fidèle en franchit le seuil, je me lève à mon tour.

Il doit faire bien sombre dehors, car dans l'église seules quelques bougies tiennent l'obscurité à distance. Je souffle les plus proches de moi, recule dans un recoin, et me laisse glisser à terre.

Le temps passe — des minutes ou des heures. Un prêtre arrive. Il inspecte l'église d'un rapide coup d'œil, ne me voit pas, souffle les dernières bougies, ne laissant que quelques cierges allumés devant les icônes. Puis il s'en va. La porte se ferme derrière lui avec un claquement sourd. Je suis seule pour la nuit.

Je me demande si les spectres vont me trouver, ici, ou si elles vont me chercher dans ma chambre. J'imagine que les fantômes savent des choses que les vivants ignorent…

Comme je suis immobile, mon esprit commence à battre la campagne.

J'ai huit ans. Je m'applique de mon mieux sur le mouchoir que je brode. Baba corrige mes erreurs et mes hésitations. Nous sommes installées au soleil, sur le seuil de la maison. Je suis si concentrée que je ne vois pas arriver le contremaître. Je sursaute quand je le découvre devant nous, dressé comme un dieu vengeur. Son regard est sombre, son visage fermé :

— Où est Ivan ?

Je balbutie que j'ignore où est mon père et me tourne vers Baba. Ma grand-mère ajoute, d'un ton sévère :

— Les hommes vont et viennent comme ils l'entendent, sans en informer les petites filles, ou les vieilles femmes.

— Pas les serfs, dit le contremaître. Ivan n'est pas venu travailler hier. Il a fait dire qu'il est malade. Est-ce qu'il tire au flanc ?

Pour toute réponse, Baba hausse les épaules et fait signe au contremaître d'aller lui-même voir. L'homme entre dans la maison comme en terrain conquis. Je veux me lever pour le suivre, mais Baba me retient. Depuis le porche, j'entends le contremaître remuer des meubles et jurer. Il ressort furieux.

— Où est-il ? demande-t-il à nouveau.

Cette fois j'ai peur. Je me serre contre Baba. Le contremaître repart à grands pas, laissant derrière lui un chapelet de menaces.

Toujours serrée contre ma grand-mère, je murmure :

— Baba… Où est mon père ?

— Ils nous a laissées, dit-elle. Il a toujours rêvé de liberté. Il a décidé de fuir et nous a laissées nous débrouiller sans lui.

Je sais le sort réservé aux serfs en fuite. Je comprends que, quel que soit le destin de mon père, je ne le reverrai plus.

Ce soir-là, Mikha et moi avons juré de ne jamais nous quitter.

Des années après mon père, c'est Mikhaela qui m'a laissée derrière elle. Mais a-t-elle eu le choix ?

J'ai peur pour Mikhaela, je me sens impuissante. Je prie.

Au début, je ne remarque pas la présence. Je suis perdue dans la contemplation du visage de la Vierge, qui semble vivant dans la lumière dansante des cierges. Puis le froid me gagne, et je la vois : Olga m'a trouvée. Elle n'est pas seule. Les trois autres spectres sont là, dans l'église avec nous. De près je vois mieux leurs visages. Ce sont trois jeunes filles que je ne connais pas, habillées comme des filles de cuisine ou de ménage. Je me lève, prête à les suivre dans la cour. Mais elles se dirigent à l'opposé de la porte, vers l'autel. Je me demande si elles aussi veulent prier, si les esprits peuvent prier. Mais elles se désintéressent des icônes, contournent l'autel, et s'immobilisent, toutes les quatre serrées les unes contre les autres, comme pour se tenir chaud. Quand elles disparaissent, ce n'est pas en se dissipant à la manière d'un banc de brouillard. C'est en s'enfonçant dans le sol. Je les regarde faire — elles semblent terrifiées. Juste avant d'être avalée par le plancher, Olga lève le visage vers moi, et son expression me supplie de l'aider. Puis je suis seule.

Je me demande pourquoi les spectres ont disparu là, à cet endroit précis. Je n'y vois pas grand-chose. J'emprunte un cierge à la Vierge, en lui murmurant des excuses. J'espère qu'elle me pardonnera, qu'elle comprendra la raison de mon blasphème. Cierge en main, je m'agenouille à l'endroit où les quatre filles ont disparu. C'est une portion de plancher ordinaire. Sauf cette fente, toute droite, qui sectionne les planches. Mes doigts courent le long de la fente, tournent un angle, puis deux, puis… C'est une trappe. Il y a même la place pour passer les doigts sous son bord, là, dans ce nœud du bois. Je pose le cierge à côté de moi et m'arc-boute. La trappe est lourde, mais elle se soulève juste assez pour me prouver que je n'ai pas rêvé. Il y a bien une ouverture dans le sol de l'église, et c'est ce que les fantômes voulaient me montrer depuis le début.

Je prends une grande inspiration et tire de toutes mes forces sur le bord de la trappe. Mes épaules me brûlent, mes cuisses me font mal, et peu à peu la trappe pivote sur des charnières invisibles. Une fois ouverte, je dois encore la retenir pour qu'elle ne fasse pas de bruit. Voilà, un trou béant s'ouvre devant moi. Un air froid et humide s'enroule autour de mes chevilles. Je reprends le cierge, murmure une prière, et me penche vers l'ouverture. L'air sent la moisissure et la charogne.

Je découvre le haut d'une échelle, et beaucoup, beaucoup d'obscurité. Les spectres ne sont plus là. Je voudrais bien ne pas être là, moi non plus. Mais peut-être que Mikha est quelque part là-dessous ? Je me retourne et pose le pied sur le premier barreau de l'échelle. Depuis le mur de l'église, la Vierge me regarde disparaître dans les profondeurs.

28 - NINA

Je suis dans une salle si vaste que la lumière de mon cierge ne rencontre aucun mur. Seulement de grosses colonnes de bois, et au-dessus de ma tête le plancher de l'église. Le bas de l'échelle repose sur un sol de bois grossier. Ici l'odeur de putréfaction est difficilement supportable. Je respire par petits coups pour conserver la maîtrise de mon estomac. Une grosse mouche vient se brûler les ailes à la flamme du cierge, puis une seconde.

Je lève la bougie pour éclairer aussi loin que possible. Je ne vois que du vide, du noir.

Non, là-bas… Cette lueur ? Ce sont les spectres, mes guides, si loin déjà. Je me fais violence pour leur emboîter le pas malgré l'obscurité, l'odeur, et la terreur que m'inspire ce lieu. Je compte mes pas : 10, 11, 12… À 13, je suis perdue.

Je me demande par où je dois aller. Mes guides fantomatiques ne sont plus là pour m'indiquer la bonne direction. Je fais un tour sur moi-même, bougie levée bien haut à bout de bras. Puis je pousse un hurlement, et je lâche ma bougie. Là, si proche que j'ai failli m'y cogner, un visage.

Le cierge roule sur quelques pas, mais il ne s'éteint pas. Sa flamme révèle une tête qui me fixe de ses yeux vitreux. Je fais quelques pas en arrière. Mes genoux me trahissent, et je tombe à terre, sur les fesses. Je ne parviens pas à détacher mon regard des yeux vides qui me contemplent. Mon esprit lutte pour mettre de l'ordre dans ce que je vois.

La tête semble flotter dans l'obscurité. Chairs blêmes et flasques, yeux ouverts et vitreux. Pas de corps en dessous pour la porter. Mais la tête est à l'envers. De longs cheveux roux pendent vers le sol comme des draperies mitées. Je me force à détourner le regard le temps de retrouver le cierge. La cire coule sur la mèche, la flamme crachote, elle va bientôt s'éteindre. Je me propulse, à quatre pattes, pour récupérer la bougie et la redresser. La flamme hésite. Je retiens mon souffle. La flamme danse à gauche et à droite, et décide de brûler de plus belle. Je pousse un soupir de soulagement. Quand je reprends ma respiration, j'avale une grande goulée d'air fétide. Mon estomac se contracte, et je vomis sur le plancher. Une fois que j'ai terminé, je prends garde à ne pas inspirer profondément. Puis je me force à relever les yeux.

La femme est suspendue la tête en bas. Sa poitrine est nue, sa gorge traversée d'une ouverture béante. Une partie de moi refuse de comprendre ce que je vois. Celle qui comprend est terrifiée. Et une petite voix me fait remarquer que cette femme est suspendue comme les cochons que le maître faisait abattre dans la cour de sa ferme. Je me concentre sur cette voix-là, celle qui s'agrippe à mes origines campagnardes. Je me redresse, me lève, et m'approche de la… « carcasse » contre laquelle j'ai failli me cogner quelques instants plus tôt.

La chair est blanche, drainée de son sang. Une trace noire et séchée recouvre la moitié du visage. La bouche est ouverte, la langue pendante. Les cheveux aussi sont collés par le sang séché, comme si la peau du crâne avait été fendue et drainée. Je lève mon cierge : le corps est totalement nu, les mains liées dans le dos par la même corde qui attache les chevilles l'une contre l'autre, et disparaît dans l'obscurité, tout là-haut. Des mouches se posent à la surface des yeux qu'une pellicule blanche recouvre, comme ceux d'une aveugle.

Comme ceux de Baba.

Non, je ne dois pas penser à ma grand-mère ni la comparer à cette carcasse. Pour changer le cours de mes pensées, je baisse le regard sur le sol de bois brut. Nulle trace de sang. La carcasse a été saignée ailleurs.

Un peu plus loin sur la gauche je découvre une deuxième carcasse. Nue elle aussi, et troussée de la même manière que la première, elle est suspendue à quelques pas à peine de sa compagne. Pâle et droite dans l'obscurité, elle ressemble à une bougie, des cheveux formant une mèche sombre pointée vers le sol.

Quelques pas plus loin, une troisième carcasse a le ventre gonflé. Une femme enceinte ? Plutôt les viscères qui ont commencé à pourrir, si j'en crois mon nez, et l'état de la quatrième carcasse, dont l'abdomen rongé par la pourriture s'est ouvert et répandu…

Je me détourne pour vomir à nouveau. Tombée à genoux, je halète longtemps, le dos tourné. Mais une voix en moi me force à faire à nouveau face à la quatrième carcasse. Car il y a une quatrième, une cinquième, une sixième… alignées les unes à côté des autres, à distance égale, et en arc de cercle. Toutes sont des femmes — car je dois me rendre à l'évidence, et cesser de les considérer comme de simples carcasses — toutes sont nues, et toutes ont été vidées de leur sang. Du moins pour celles dont l'état permet de le deviner. Car au fur et à mesure que je suis ce macabre chapelet, je comprends que les corps sont de plus en plus décomposés, de plus en plus anciens. Jusqu'à celui-là, dont le ventre achevant de pourrir a cessé de relier le torse et les jambes. Ces dernières pendent toujours au bout de leur corde, mais le reste du corps est tombé sur le sol, en un tas puant et méconnaissable.

— Après quelques semaines, elles ne se tiennent plus très bien.

La voix résonne comme un coup de tonnerre dans le

silence et l'obscurité. Je fais un bond et je pousse un cri de terreur. Le visage ridé de Boden semble lui aussi flotter au-dessus du sol, mais c'est parce que le vieil homme porte un habit sombre, et que mon cierge est une piètre source de lumière.

Je veux parler, mais tant de questions se pressent dans mon esprit qu'aucune ne parvient à franchir mes lèvres. Alors c'est Boden qui me demande :

— Comment as-tu découvert cet endroit ?

Je pointe le doigt au-dessus de ma tête :

— Les spectres m'ont montré la trappe, dans l'église.

Il semble surpris :

— Quels spectres ?

— Les fantômes de…

Je désigne les pauvres femmes qui nous entourent, mais Boden secoue la tête :

— Ces esprits-là sont passés de l'autre côté, dit-il, je m'en suis assuré. Aucune de ses filles ne hante la forteresse, je peux te l'affirmer.

— Je les ai vues. Et je ne suis pas la seule : Ielena, et les gardes…

Il pousse un soupir attristé :

— Chère enfant, je crains que toi et tes amis n'ayez été manipulés.

— Par qui?

Il sort une lampe-tempête de sous son manteau et en ouvre le panneau pour laisser passer plus de lumière. La vision qui se révèle me laisse sans voix.

Nous sommes dans une salle si grande que je n'en vois pas les limites. Le plafond est soutenu par une forêt de colonnes de bois. Au-dessus de ma tête, de grosses poutres et un plancher d'aspect massif. Aux poutres sont pendues des dizaines de cordes, à chaque corde pend un cadavre. Ils sont alignés et dessinent un large cercle. Les piliers m'empêchent d'en voir la fin.

Boden me fait signe de le suivre le long de l'horrible cercle. J'obéis, autant par curiosité que parce que je n'imagine pas ce que je peux faire d'autre. Les cadavres se suivent, chacun plus décomposé que son voisin, effondrés en petits tas puants sous des restes de jambes. Parfois de gros rats nous regardent passer, pas assez effrayés par notre présence pour interrompre leur repas. Bientôt ce sont des os, éparpillés sous des nœuds qui ne retiennent plus rien. Et Boden continue à marcher.

Nous tournons en suivant le cercle, mais j'aperçois désormais un cadavre récent sur ma gauche. Je sursaute en reconnaissant les cheveux roux du premier corps. Nous ne marchons pas le long d'un cercle, mais d'une spirale. Et Boden me mène vers son centre.

Mes pieds se collent au plancher, et je ne parviens pas à détacher mes yeux du cadavre roux. J'entends Boden revenir sur ses pas. Il me demande :

— Une amie à toi ? Elle s'appelait…

— Olga, dis-je.

— Oui, je crois bien que c'est ça. Une gentille fille, prête à aider un vieillard à regagner ses quartiers.

— C'est vous qui l'avez tuée ?

Jusque-là j'entretenais l'illusion stupide que Boden n'avait rien à voir dans cette horreur, qu'il s'était comme moi aventuré là par hasard. Mais le hasard n'a pas sa place dans cette histoire.

— Tu ne m'en crois pas capable ? me demande le vieil homme.

Je le regarde, et pour la première fois je le vois tel qu'il est, et non tel qu'il se présente. Ses mains noueuses sont puissantes. Ses épaules sont voûtées, certes, mais elles sont larges. Sous mes yeux il se redresse. Il est grand.

— Vous n'êtes pas aussi vieux que vous le prétendez, dis-je.

Il rit :

— Au contraire, je suis beaucoup, beaucoup plus vieux que ce que tu crois. Ça ne veut pas dire que je suis faible. Et puis avec le temps vient l'expérience.

Je parcours du regard les corps qui nous entourent :

— Pourquoi?

— Aaah, fait Boden, comme si je venais de poser LA question importante. «Pourquoi», dit-il. Ou plutôt, «pour qui». Viens.

Il reprend sa marche le long de la rangée de cordes et de petits tas d'ossements. La spirale se referme de plus en plus. Enfin, nous débouchons en son centre. Un cercle sombre, d'une douzaine de pas de largeur, s'étale sur le sol. Il est traversé de plusieurs lignes droites, comme le signe sur le front de Boden, le signe que le fantôme d'Olga a dessiné sur le mur, près de ma chambre.

Je m'arrête au bord du cercle, m'accroupis pour examiner le tracé. Les lignes sont gravées dans le bois du plancher, comme des rigoles. La peinture les recouvre d'une couche épaisse et noire. Mais bien sûr, ce n'est pas de la peinture.

— Du sang? Boden, qu'est-ce que…

— C'est une porte, explique le vieil homme d'un ton calme.

— Pour aller où?

Il rit :

— Oh, crois-moi, tu ne veux pas la franchir, et surtout, tu ne veux pas qu'il la franchisse et vienne ici.

Soudain il s'énerve, hausse le ton :

— Allons, petite, ne me regarde pas comme ça, je ne

suis ni fou ni sénile.

Pourtant il se tient là, au milieu d'une forêt de cadavres, à m'expliquer que ce dessin par terre est une porte qu'il ne faut pas franchir.

Il faut que je sorte d'ici, et vite.

Si je pars en courant, je devrais le semer. Il peut dire ce qu'il veut, il ne doit plus avoir les jambes de ses vingt ans.

Mais dans quelle direction ?

À force de tourner dans cette spirale de mort, je suis désorientée. Par où suis-je arrivée ? Si seulement je retrouvais le cadavre d'Olga…

Soudain une voix me parvient, et mes pensées se figent.

Le son est ténu ; je l'ai peut-être rêvé. Mais mon cœur s'arrête. Mes jambes bougent d'elles-mêmes et je pars en courant vers l'origine du son. J'appelle :

— Mikha ? Mikha, tu m'entends ? C'est Nina !

Je suis partie si vite que j'en ai oublié que je tenais le cierge en main. Un mouvement trop brusque en a soufflé la flamme, et la cire chaude me brûle la peau. Seule la lampe de Boden perce désormais l'obscurité, et chacune de mes foulées m'en éloigne.

Cette voix, encore. Cette fois j'en suis sûre, c'est Mikha qui appelle. Je m'oriente grâce au son.

29 - NINA

Elle est là, dans une cage suspendue, comme les oiseaux exotiques de notre ancienne maîtresse. Si je la vois, c'est grâce à la lueur de la lampe de Boden. Il sait pertinemment où je vais, et il prend son temps pour me rattraper.

Mikha n'est pas seule dans la cage. Une silhouette est recroquevillée près d'elle. Je n'ai pas besoin de voir son ventre rond pour la reconnaître : c'est Yulia, la fille de cuisine qui dérobait de la nourriture. Celle à qui Boden a « parlé ». Celle qui a « choisi » de s'enfuir.

— Nina, appelle Mikhaela, fais-nous sortir d'ici. Vite, avant qu'il ne revienne. Il y a une corde, là, nouée à cette colonne.

Je suis son bras tendu et trouve l'extrémité du cordage. Je me précipite, mais une ombre se détache soudain de la colonne, et je sursaute.

— Je t'avais prévenue.

Je reconnais sa voix aussitôt. C'est le garde qui veillait du haut des remparts, celui qui nous avait vues, Ielena et moi, quand nous cherchions le corps de Mikha.

La lumière se rapproche derrière moi, assez pour révéler la silhouette qui se tient devant moi. Il a fière allure, dans son costume d'officier, avec ses belles moustaches.

— Je t'avais dit de ne plus sortir la nuit, reprend-il. Mais les serves n'écoutent jamais.

Je suis tellement choquée que je reste plantée là, à le regarder sans broncher.

Puis il avance sur moi, et mes réflexes prennent le relais.

Je lui envoie mon cierge au visage.

J'avais oublié que je le tenais, oublié sa cire encore chaude.

L'officier pousse un juron quand la cire lui brûle les yeux.

J'en profite pour lui passer sous le bras et détaler aussi vite que je le peux.

Derrière moi j'entends les encouragements de Mikhaela, les grognements de l'officier, et les jurons de Boden.

Je cours pour échapper au halo de lumière. L'obscurité m'avale bientôt.

Je bifurque au hasard, pour semer mes poursuivants. J'avance plus lentement maintenant que je n'y vois plus rien, les mains devant moi, comme quand je jouais à colin-maillard. Je rencontre plusieurs piliers. Au troisième, je m'arrête et m'accroupis. J'écoute.

Boden et l'officier coordonnent leurs recherches. Boden donne les ordres.

Au-dessus d'eux, Mikha crie :

— Sors d'ici, Nina ! Sors et préviens quelqu'un. Gallina, ou… Ou le tsar, ou je ne sais pas qui. Que Saint George te vienne en aide !

— La ferme ! rugit l'officier. Si tu ne veux pas connaître le sort de ta copine. Boden, remets-lui son bâillon.

Mikhaela se tait, et Boden ne dit rien.

Je n'entends plus que le bruit des rats qui furètent autour de moi, et parfois le grincement du plancher. Puis le vrombissement du feu. Je risque un coup d'œil au ras du sol de l'autre côté du pilier. L'officier a allumé une torche. Il passe à quelques mètres sans me voir. Je le suis des yeux. Il a l'air de savoir où il va. La torche diminue à mesure qu'il s'éloigne.

Je reste seule dans le noir.

Que faire ? Je veux retourner délivrer Mikha et Yulia. Mais je me doute que Boden doit surveiller l'endroit. Pour combien de temps ? Aussi longtemps qu'il le voudra, j'imagine. Nous sommes en pleine nuit, mais même s'il ne remonte pas travailler au matin, qui s'en plaindra, à part Gallina ? Et comment la matrone imaginerait-elle où se trouve le vieil homme ?

Est-ce que je peux l'assommer ?

Oui, si j'étais armée je pourrais. Je repense aux lourds chandeliers de bois que j'ai vus dans l'église. Avec ça, je pourrais assommer le vieil homme. Peut-être même lui fendre le crâne.

Et pour l'officier ?

Lui devra bien repartir prendre son service, non ?

Je décide de tenter ma chance. Mais pour ça, il faut que je retrouve l'échelle par laquelle je suis descendue ici.

J'écoute les rats. Ils sont partout. Mais ces tintements ? Ces raclements ? Ce sont des os que les rongeurs dérangent dans leur hâte d'en grignoter les chairs. Je tourne sur moi, lentement, pour déterminer d'où viennent ces bruits. Puis je me mets en marche, tout doucement pour ne pas faire craquer le parquet, les mains tendues vers l'inconnu.

C'est difficile, de garder l'équilibre dans le noir absolu. Je finis par me mettre à quatre pattes. Ça me permet de tâter le sol au fur et à mesure de ma progression, et provoque des rencontres plus ou moins agréables avec de gros rats curieux. La première fois que je sens les petites pattes sur ma main et mon bras, je dois me mordre les lèvres pour étouffer mon cri. Je me débarrasse du fouineur d'une secousse et me force à avancer. J'aurai le temps d'avoir peur plus tard, quand Mikha et moi serons à l'abri. Et Yulia, me dis-je avec un temps de retard. Et son bébé, s'il est toujours là.

Je rencontre de plus en plus de rongeurs, et je prends ça comme un encouragement. Une fois que j'aurai retrouvé la spirale de cadavres, je retrouverai l'échelle qui mène à l'église.

Les planches qui servent de sol sont brutes et pleines d'échardes, qui s'enfoncent dans mes genoux et dans la paume de mes mains. Mais c'est aussi le seul morceau de réalité tangible et compréhensible. Je me souviens des explications de la vieille couturière, quand nous parlions des travaux de la forteresse, comment les ouvriers avaient dû planter de gros pieux pour qu'ils reposent sur le sol rocheux, loin sous la surface du marécage. Comment ils avaient ensuite posé un plancher sur les pieux, et bâti la forteresse sur ce plancher. Elle ignorait qu'ils avaient bâti deux planchers, créant un sous-sol caché de tous sauf de Boden, de l'officier et de leurs victimes.

Mes doigts rencontrent un objet dur, et un tintement d'os provoque une cavalcade de petites pattes griffues. Je viens de trouver les restes d'un cadavre. Où est le suivant? Si je me souviens bien, une demi-douzaine de pas sépare chaque carcasse de sa voisine. Mais dans quelle direction?

Je tâte le sol sous mes mains, trouve la jointure entre deux planches, et décide de suivre ce guide sur l'équivalent de huit pas. Si je ne trouve rien, je ferai demi-tour et tenterai la chance dans la direction opposée.

J'ai parcouru la moitié du chemin lorsque je remarque que l'obscurité perd de sa profondeur autour de moi. Comme si on avait écarté un voilage pour laisser passer un rayon de lune. Est-ce que l'officier revient avec sa torche ? Est-ce Boden et sa lampe ? Le cœur battant à tout rompre, je me redresse et regarde autour de moi. Ni torche ni lampe, mais une silhouette d'où émane une lumière pâle.

Olga.

Elle est trop loin pour que je distingue l'expression de son visage, mais elle me fait signe de la suivre. Je prie la Vierge pour que le spectre m'indique la sortie, me remets sur pied et lui emboîte le pas.

Quelque part sur ma droite, j'entends Boden jurer. Du moins je pense que ce sont des jurons, mais il a parlé dans une langue que je ne connais pas. Il poursuit dans cette langue, et cette fois j'ai l'impression qu'il se dispute avec un partenaire silencieux. Olga me fait signe de me presser.

Soudain un grincement, puis un choc, suivis des grognements furibonds d'une personne bâillonnée.

Mikha.

Je pivote vers l'origine des bruits. Là-bas, de la lumière. Je pars en courant.

Je me baisse pour éviter des carcasses récentes, et zigzague entre les piliers et les tas d'ossements des cadavres plus anciens. La puanteur me fait larmoyer.

Les gémissements se sont tus, et je n'arrive pas à prendre ça comme une bonne nouvelle. Boden parle tout seul, pousse un grognement qui trahit un effort physique. Là-bas, la source lumineuse se déplace. Je m'arrête derrière un pilier pour observer.

C'est bien Boden qui s'avance. Il tient sa lampe à bout de bras. Sur son épaule, ce qui ressemble à un sac de grain, c'est une personne. Le vieil homme pénètre dans le cercle de sang séché, dépose son fardeau au centre. Les cheveux blonds de Mikha s'étalent au sol comme une auréole. Mon amie est inconsciente.

Très Sainte Vierge, faites qu'elle soit en vie.

30 - NINA

Boden s'éloigne à nouveau, et je suis des yeux la lumière de sa lampe. Sur un pilier proche du cercle, il y a une corde semblable à celle qui retenait la cage de Mikha et Yulia. Boden défait le nœud, laisse filer le cordage entre ses mains, puis en rattache l'extrémité au pilier. Au centre du cercle, un nœud coulant est descendu du plafond. Il repose près de la tête de Mikha. Comment un simple morceau de corde peut-il receler tant de menaces ?

Il n'est plus temps de remonter dans l'église à la recherche d'une arme. Déjà, Boden s'approche de Mikha. Olga se matérialise près de moi. Le spectre est frénétique. Elle me désigne un tas d'ossements tout proche du cercle de sang. Je finis par comprendre ce qu'elle veut me montrer : un fémur. Ça ne vaut pas un bon morceau de bois, mais c'est mieux que rien.

Boden est en train de ligoter les mains de Mikha derrière son dos. Je dois faire vite. Le problème, c'est qu'il me fait presque exactement face, et que si je bouge, il me verra. Il faut que je recule dans l'ombre et que je contourne le cercle.

Je fais quelques pas en arrière, et sursaute quand la voix de Boden résonne à nouveau. Mais il ne s'adresse pas à moi. D'ailleurs il ne parle pas russe.

Trois autres spectres sont apparus à la limite du cercle. Je crois d'abord que ce sont les compagnes d'Olga, ces jeunes serves qui m'ont conduite ici. Je ne comprends pas pourquoi Boden leur crie dessus dans sa langue natale et pas en russe. Mais ces femmes-là portent leurs cheveux en longues tresses, et sur leurs robes, des broches fixées à hauteur de seins retiennent des manteaux. Comme Olga et les autres, ces silhouettes émettent une lumière lunaire. Comme les autres, elles ne produisent aucun bruit. Mais à l'inverse des fantômes qui m'ont guidée jusqu'ici, ces spectres adoptent des attitudes de supplication, de rage puis de menace. Je n'ai pas le temps de rester les observer. Le fémur est à quelques dizaines de pas de moi, et Boden semble totalement concentré sur les spectres. Je m'élance.

Quand je m'approprie le fémur, le tas d'os claque et clique comme un service de porcelaine. Boden se retourne aussitôt. Les spectres se matérialisent entre lui et moi, comme pour me dissimuler. J'en profite pour aller me cacher derrière un pilier.

Mais le vieil homme a compris. Il appelle :

— Nina, il faut que tu comprennes.

Je soupèse le fémur dans ma main. Les rats ont bien travaillé : il ne reste pas un morceau de chair, pas un tendon sur l'os. Je sens les traces de leurs dents sous mes doigts.

— Ces sacrifices sont nécessaires, poursuit Boden, vitaux même.

Il tourne sur lui-même, comme s'il me cherche du regard, malgré les spectres qui poursuivent leur manège. Je contourne le cercle dans le sens opposé.

— La mort de certaines, poursuivit-il, assure la survie de tous.

Il y a de plus en plus de spectres autour du cercle de sang, mais aucun ne le franchit, aucun n'attaque le vieil homme.

Que peuvent des fantômes contre les vivants ?

Je suis derrière Boden maintenant.

Quand je franchis le cercle, je sens une résistance. Comme si j'avançais contre le vent, ou que je franchissais une lourde tenture.

Je lève ma massue improvisée, et l'abats sur le vieil homme.

J'ai visé la base du crâne, comme le boucher quand il assomme un porc. Et comme un porc, Boden s'est écroulé sur place.

Autour du cercle, Olga s'est jointe aux autres spectres, et toutes se lancent dans des démonstrations de joie silencieuse.

J'abandonne ma massue et m'élance vers Mikha. Est-elle toujours en vie ?

Son cœur bat dans sa poitrine, et son souffle caresse ma joue. Je remercie la Vierge et tous les saints.

À côté de nous, Boden gémit doucement.

Les nœuds qui retiennent les poignets de Mikha sont complexes et serrés. Je lui arrache un peu de peau quand je fais glisser la corde par-dessus ses mains. Mais je parviens à la libérer de l'affreuse corde qui descend du plafond. J'attrape mon amie aux aisselles et je la tire vers l'extérieur du cercle.

Je sens à nouveau la résistance au passage du cercle. J'avais eu du mal à y pénétrer, je ne parviens tout simplement pas à en sortir. J'essaye de faire franchir la ligne à Mikha, sans plus de succès. C'est comme si une main invisible nous retenait à l'intérieur. Comme si le cercle refusait de nous laisser lui échapper.

— Je t'ai retrouvée, petite souris, fait une voix dans mon dos.

Je me retourne. L'officier est là, juste à l'extérieur du cercle. Il sourit comme un gros chat.

Je regarde les spectres qui apparaissent de part et d'autre de l'officier. Des serves comme Olga. Il les ignore et dit encore.

— Tu t'es jetée dans le piège, comme une bonne petite souris que tu es.

Je recule vivement vers le milieu du cercle, où j'ai abandonné ma massue. Mikha, toujours inconsciente, est maintenant entre moi et l'officier. J'espère qu'il ne va pas lui faire du mal. Je n'ose pas quitter l'homme du regard, et j'attrape le fémur à tâtons.

Deux autres spectres viennent d'apparaître hors du cercle. Cette fois ce sont des hommes. Des soldats, peut-être. Je ne suis pas sûre. L'officier les ignore et rit :

— Allons, petite fille, tu penses pouvoir t'opposer à moi ?

Il me toise, mais il ne bouge pas. Il reste juste en dehors du cercle. Est-ce que lui aussi sent l'étrange résistance ? Ou est-ce qu'il a une autre raison pour ne pas pénétrer dans le cercle ?

— Viens me chercher si tu l'oses ! dis-je.

Il grimace, comme s'il venait de mordre dans une pomme aigre. Puis il avise Mikhaela, toujours étendue entre lui et moi, juste à l'intérieur du cercle. L'officier dégaine son sabre et en pose la pointe sur la gorge de Mikha :

— Je vais plutôt saigner ta copine, comme prévu.

Les spectres l'entourent désormais. Ils ne semblent pas pouvoir lui faire de mal, mais ils lui bloquent la vue.

Il se détourne pour appeler :

— Boden, eh, vieil homme ! T'es vivant ?

Boden ne réagit pas. J'ai vraiment mis tout mon cœur à l'ouvrage quand je l'ai assommé. Je l'ai peut-être tué…

L'officier pousse un soupir de frustration et fait quelques pas sur le côté, pour mieux voir Boden, qui est toujours effondré au centre du cercle. Son attention n'est plus sur moi. Je peux tourner les talons et disparaître dans l'obscurité, entre les cadavres et les piliers…

Dès que l'officier s'éloigne de Mikha, je me précipite en avant, attrape mon amie par les chevilles, et la tire à nouveau au centre du cercle. Maintenant l'officier ne peut plus atteindre Mikha sans franchir le cercle de sang.

Soit j'ai deviné juste, et il refuse d'entrer dans le cercle… soit je viens de gâcher ma seule chance de m'échapper.

L'officier fait claquer sa langue avec impatience.

— Tu crois que cet affreux cercle va te protéger ? dit-il. Au contraire : maintenant que tu y es entrée, il ne te laissera plus lui échapper.

Il rengaine son sabre, fait quelques pas en arrière et plante sa torche dans un support de métal fixé à un pilier. Puis il s'adosse au pilier, croise bras et chevilles, et lance :

— Je n'ai qu'à attendre. Quand ce vieux fou se réveillera, il vous saignera comme deux volailles.

— Et s'il ne se réveille pas ?

L'officier hausse les épaules :

— J'imagine que vous finirez par mourir de faim ici.

— Pourquoi vous faites ça ? Pourquoi vous aidez Boden ?

Son visage se durcit soudain, et pour le plus court des instants, il détourne le regard.

— Parce que mon tsar me l'a ordonné.

— Vous êtes fou.

— Peut-être.

— Pourquoi le tsar vous aurait ordonné de tuer ses serves ?

— Il m'a ordonné d'aider ce vieux sorcier à alimenter ce dispositif infernal. C'est Boden qui choisit la méthode. Quant aux victimes… Le tsar refuse de sacrifier ses ouvriers ou ses soldats. Il se fiche de ce que l'on fait aux filles de cuisine, aux lavandières… ou aux couturières trop curieuses.

— Et ça ne vous pose pas de problème de conscience, tous ces meurtres?

Son rire est bref, sec et sans joie.

— Je suis soldat d'un pays en guerre. Mon sabre a fait plus de victimes que mon esprit ne peut s'en souvenir. Ce ne sont pas quelques filles qui m'empêcheront de dormir. Mais j'irai probablement en enfer pour avoir participé à ces rites maudits.

— Et à quoi ça sert?

Il hausse les épaules :

— Moins j'en sais, mieux je me porte.

Il me considère un moment, comme s'il était en train de prendre une décision. Puis il se redresse, et récupère la torche :

— Soit Boden se réveille et se charge de vous deux, soit tu lui as fendu le crâne et ta copine et toi serez les dernières victimes du cercle. Dans les deux cas, je peux remonter me coucher.

Il tourne les talons et s'éloigne de son pas de soldat. Ses bottes frappent le plancher sur un rythme funèbre.

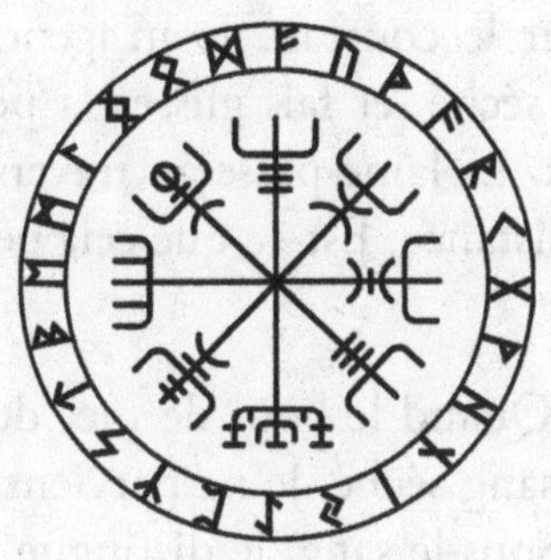

31 - NINA

L'officier nous a abandonnées, Mikha, Boden et moi, avec pour seule source de lumière la lampe que le vieil homme avait posée au pied d'un pilier, quelques pas en dehors du cercle.

Mikha respire doucement. Je m'approche à nouveau de la limite du cercle. La même résistance m'empêche de le franchir. C'est comme si une peau froide et invisible nous retenait prisonnières.

Je retourne auprès de Boden. Le vieil homme ne réagit pas quand je commence à fouiller ses vêtements. Il porte un pendentif en ambre autour du cou, et je n'y touche pas. Je m'approprie le couteau que je découvre à sa ceinture et termine ma fouille sans rien découvrir d'autre.

Tout à l'heure, le sabre de l'officier a traversé le cercle

apparemment sans problème. Je me demande s'il en est de même pour le couteau. Je m'agenouille devant la ligne de sang séché, et fais glisser la pointe de l'arme vers l'extérieur. La lame passe au travers du cercle sans la moindre résistance. Est-ce que cela peut nous aider à nous échapper ?

Je tâte le sol. Quand le bout de mes doigts touche les épaisseurs de sang séché, je ne parviens pas à réprimer mon frisson. Sous le sang, je distingue la rigole gravée dans le plancher. Sans trop réfléchir, j'attaque le plancher à la pointe du couteau.

Au début je creuse le bois par pure frustration. Mais quand la pointe du couteau fait sauter une écaille de sang séché, je ressens comme une étincelle à la surface de ma peau. Je n'ai aucune idée de ce qu'il vient de se passer, mais c'est ma seule chance. Alors je creuse en travers de la rigole, je racle le sang, je défigure le tracé. De plus en plus d'étincelles invisibles me picotent la peau. De l'autre côté du cercle, une petite foule de spectres m'encouragent en silence. Je reconnais Olga et les trois autres serves qui m'ont conduite ici, les femmes aux longues tresses qui se disputaient avec Boden, et les soldats que l'officier avait ignorés. Plus je racle, plus ils m'encouragent. Plus je creuse, plus ils sont nombreux.

Enfin, je pratique dans le plancher une entaille assez profonde pour traverser les épaisseurs de bois et de sang séché. À l'instant où cette entaille atteint l'extérieur du cercle, je suis repoussée en arrière si violemment que je roule pieds par-dessus tête jusqu'à buter contre le corps de Mikhaela.

Une clameur soudaine m'assourdit. Ce sont les spectres qui hurlent de joie, et pour la première fois leurs cris ne sont pas silencieux. Puis ils éclatent de rire, tous ensemble, avant de disparaître.

Le silence retombe sur la crypte.

Je me redresse, avance une main tremblante jusqu'au cercle. Rien. Le mur invisible a disparu.

Je me retourne pour attraper Mikha, et je pousse un hurlement. Des volutes de fumée noire émergent du sol. Je les regarde se tordre comme des herbes dans le vent, comme des serpents… comme des tentacules. Ce n'est pas un début d'incendie. C'est… vivant ?

Je suis pétrifiée alors que les tentacules tâtent les corps de Mikha et de Boden. Un tentacule effleure le pendentif d'ambre du vieil homme et recule comme s'il s'était brûlé. Il poursuit son exploration du cercle, comme les mains d'un aveugle. La nausée me reprend. Un tentacule approche, et je recule avec un cri de dégoût.

Je me faufile entre les tentacules et arrache le pendentif de Boden. J'ignore ce que sont ces tentacules, et j'ignore quel est leur problème avec l'ambre, mais je me sentirai mieux avec cette protection, aussi dérisoire soit-elle.

Je range le pendentif dans mon corsage, me glisse sous

le bras de Mikha, et redresse tant bien que mal mon amie. Elle est toujours inconsciente, mais je parviens à l'entraîner hors du cercle.

Je fais un détour pour ramasser la lanterne de Boden, mais déjà les tentacules sortent eux aussi du cercle, tâtent le plancher et les piliers, caressent les cadavres qui se balancent au bout de leurs cordes, et partent explorer le reste de la crypte. Je presse le pas autant que je le peux, mais nous sommes vite encerclées.

Je suis obligée de poser la lampe pour récupérer le pendentif dans mon corsage. Je brandis le bijou d'ambre devant moi, et l'oppose à un tentacule trop proche à mon goût. Dès que l'extrémité du tentacule touche l'ambre, le tentacule recule. Mais la pierre d'ambre aussi semble souffrir de la rencontre : là où le tentacule l'a touchée, la pierre a noirci, comme brûlée.

L'ambre nous protège, mais le pendentif n'est pas inusable, il risque de se consumer entièrement. Et après ça…

C'est le moment de réfléchir, pas de paniquer.

Je regarde autour de nous, ouvre le panneau de la lampe au maximum pour que la lumière porte le plus loin possible. Ce n'était peut-être pas une bonne idée : je découvre des tentacules à perte de vue.

Au cœur du cercle, un dôme de fumée noire enfle jusqu'à ce que son sommet disparaisse dans les ombres du plafond. Au milieu du dôme, une fente… non, une paupière qui s'ouvre sur un œil jaune. Mais ce n'est pas le pire. Le pire, c'est quand cet œil se fixe sur moi.

Là, je commence à paniquer.

32 - NINA

L'œil jaune qui me fixe est plus gros que ma tête, et traversé d'une pupille horizontale, comme celle d'une chèvre. Là s'arrête la comparaison.

Le regard n'est pas celui d'un animal. Il n'appartient pas non plus à un esprit humain. Il se pose sur moi comme mon regard peut se poser sur un rat trop audacieux. Quelle est cette créature qui émerge devant moi ? Est-ce un démon, comme l'a laissé entendre l'officier ? Un monstre ?

Où est passé Boden ? Lui aurait des réponses à mes questions. Mais l'endroit du cercle où je l'ai abandonné est recouvert par la fumée noire qui constitue la créature, et je ne vois le vieil homme nulle part.

Je dois me sauver.

Je ne peux pas bouger. Le regard jaune de la créature

me cloue sur place, comme un des papillons que notre ancienne maîtresse exposait sous des cadres, dans ses salons.

Dans mes bras, Mikha pousse un soupir. Ce son me ramène à la réalité, me soustrait au pouvoir de la créature. Je me tourne vers Mikha, la secoue doucement :

— Mikha, réveille-toi vite. Il faut courir.

Elle revient à elle en sursaut :

— Quessiya ?

— Tu tiens debout ?

Elle se redresse et hoche la tête.

Je prends son visage entre mes mains pour la forcer à me regarder — moi, et surtout pas le monstre qui enfle encore.

— Il faut nous enfuir, dis-je. Tu vas me suivre sans discuter, et surtout, tu ne regardes que devant toi. On cherche une échelle pour remonter, d'accord ?

Elle hoche la tête, ses grands yeux bleus écarquillés par la peur. Je prends sa main dans la mienne, lève la lampe à bout de bras, et trouve un cadavre encore intact au bout de sa corde.

— Par là !

Je pars au pas de course, entre les piliers, les tentacules

et les tas d'ossements. Mikhaela me suit sans un mot, sans un cri. La lampe se secoue au rythme de notre course, jetant une lumière chaotique sur ce spectacle cauchemardesque.

Je trouve un second cadavre intact. Le troisième est celui d'Olga. Et quelques pas plus loin, je reconnais l'échelle. Je fais passer Mikha devant moi :

— Il y a une trappe en haut, dis-je. Je monte juste après toi.

Elle entame son ascension, et je me détourne pour repousser les tentacules. Mais ils ne semblent pas s'intéresser à nous. Ils sont devenus si grands qu'ils se tendent désormais vers le plafond, comme s'ils voulaient sortir au grand air avant Mikha et moi. Et peut-être vont-ils y arriver.

La voix de Mikha me parvient du haut de l'échelle :

— C'est fermé ! J'arrive pas à la soulever, je sais pas…

La panique la fait parler sur un ton aigu, et je devine que les sanglots d'épuisement ne sont pas loin.

— Descends, dis-je, je vais essayer.

Elle rate un échelon quelque part au-dessus de moi et dégringole en se retenant de justesse par les mains. Je lui confie la lampe et l'amulette d'ambre, et grimpe à mon tour. La trappe est en effet fermée. Je courbe l'échine et pousse de toute la force de mes épaules, de mon dos et de mes jambes. Rien ne bouge. Non seulement la trappe est fermée, mais quelque chose de lourd nous empêche de la rouvrir.

— Ce fils de porc! dis-je.

— Qui?

Je rejoins Mikha au bas de l'échelle avant d'expliquer :

— Cet officier de malheur nous a bloqué la sortie.

Je lui reprends lampe et amulette. Nous sommes encerclées par les tentacules sombres, mais ils semblent toujours de désintéresser de nous. Pour combien de temps?

— Il s'appelle Piotr, dit doucement Mikha.

— Eh?

— C'était lui, l'homme dont je t'avais parlé.

— Quoi?

J'éprouve des difficultés à me concentrer sur ce que me raconte Mikha, alors qu'une créature monstrueuse surgit des enfers tout autour de nous. Mikha, elle, poursuit sans s'émouvoir :

— L'homme que j'ai rencontré, et dont je pensais être amoureuse. Il a prétendu être charpentier. J'aurais dû me méfier. Il parlait trop bien, et ses mains étaient trop douces.

— C'est comme ça qu'il t'a attirée ici ?

— Il m'a donné rendez-vous dans l'église. Je croyais…

Sa voix se brisa, et elle secoua la tête :

— Peu importe. Que fait-on, maintenant ? Est-ce qu'il y a une autre sortie ?

— Probablement, dis-je. Je n'ai jamais vu Boden aller à l'église. Il doit avoir un accès plus discret, peut-être près de sa cabane.

Mikha hoche la tête et regarde autour de nous, comme pour s'orienter.

La spirale de cadavres n'est qu'à quelques dizaines de pas de là où nous nous tenons, mais l'air est saturé de volutes de fumée noire et de tentacules. La lumière de la lampe porte de moins en moins loin. On n'y voit plus qu'à quelques pas.

— Si je retrouvais la cage… murmure Mikha. Puis soudain : Sainte Vierge, où est Yulia ? Est-ce qu'elle va bien ?

— Je ne sais pas, dis-je.

Dans la confusion, j'ai totalement oublié Yulia et son enfant à naître.

— Il faut y retourner ! affirme Mikhaela.

J'accepte. Nous ne pouvons pas abandonner Yulia

comme ça. Et de toute façon, rester là où nous sommes ne nous avance à rien.

Il me faut quelques instants pour me repérer au milieu de ces tentacules de fumée noire qui se tortillent comme des serpents autour de nous.

— Votre cage devrait être de l'autre côté du cercle de sang, dis-je. Mais on ne peut plus passer par là, à cause du monstre.

— Tu l'as vu ? souffle Mikha.

— Oui.

— C'est pour ça que tu m'as dit de ne pas me retourner ?

— Oui.

— Cette fois, il va falloir que je le regarde en face.

— On va essayer de le contourner, dis-je. Suivons la spirale de cadavres, d'accord ?

Elle se mord les lèvres, et je vois ses yeux s'écarquiller encore un peu plus. Mais elle hoche la tête et me suit sans discuter.

Les tentacules ont une étrange attitude avec les cadavres. Elles les tâtent, les effleurent, s'amassent sur les carcasses jusqu'à les dissimuler totalement. Elles n'ont pas les mêmes égards pour les piliers, qu'elles se contentent de toucher une fois ou deux, puis délaissent sans autre forme de procès. Au début, je crois qu'elles se nourrissent des chairs mortes, mais non, quand les tentacules se retirent des corps, elles les laissent intacts.

— C'est comme s'ils les caressaient, dit Mikha. C'est… triste ?

J'acquiesce. Je fais de mon mieux pour ne pas regarder le manège des tentacules, mais même en détournant les yeux, je sens la mélancolie qui en émane. Ce n'est pourtant pas une émotion que j'associe avec un démon ou un monstre.

— Ne vous laissez pas attendrir, déclare une voix éraillée.

Je pousse un cri de terreur.

Au milieu d'une forêt de cadavres, entourée par les appendices d'un monstre venu des profondeurs de la terre, c'est le bruit d'une voix humaine qui me fait perdre mon sang-froid. À côté de moi Mikha ne dit rien, mais elle s'accroche à mon bras.

— C'est lui, murmure-t-elle.

— Je sais.

En fin de compte, je n'ai pas tué Boden. À moins que lui aussi ne revienne d'entre les morts ?

Il apparaît, entre un pilier et un cadavre, debout au milieu d'une masse grouillante de tentacules. Chaque fois qu'un tentacule touche le vieil homme, des lignes géométriques s'allument sur sa peau, et le tentacule se retire. Mais ils sont toujours plus nombreux, et le vieil homme semble faiblir un peu plus à chaque instant.

— Qu'est-ce que c'est? demande Mikha.

— Des runes de protections.

— Il nous en faudrait.

— Volos ne vous fera pas de mal, dit Boden. Du moins pas tout de suite. Après tout, vous l'avez libéré. Alors que moi…

Un gros tentacule s'enroule autour de son cou et de son visage. Les runes du vieil homme s'enflamment et repoussent l'assaut, mais l'expression de douleur sur le visage de Boden est claire : les runes le protègent, mais pas sans coût.

Il reprend :

— Pendant cinq siècles, j'ai tenu cette bête en respect, lui interdisant de quitter sa prison souterraine. Cinq siècles, malgré les guerres, les épidémies et les caprices politiques. Tout ça pour être vaincu par une couturière et une fille de cuisine. Je me fais vieux.

Je n'avais jamais vu la haine dans le regard de Mikha… Jusqu'à cet instant. Je pense qu'elle va sauter à la gorge de Boden, mais elle se détourne et dit :

— Allons trouver Yulia.

Et elle repart à grands pas.

33 – NINA

Boden n'a pas pris soin de remonter la cage après en avoir extrait Mikha. Mais il en a refermé le verrou.

Entre les barreaux de bois plus gros que mon pouce, je vois la silhouette de Yulia, recroquevillée au fond de la cage. Elle ne bouge pas.

— Quand elle a compris ce qui nous attendait, elle s'est changée en furie, dit Mikha avec une pointe d'admiration dans la voix. Ils nous ont bâillonnées et attachées, mais elle a réussi à retirer son bâillon, et à hurler de plus belle. À la fin, Piotr est intervenu. Il l'a « punie ».

Elle détourne le visage.

— Tu sais où est la clef ? dis-je.

J'entends Boden ricaner faiblement.

Le vieil homme nous a suivies. Il se traîne vers nous, malgré les tentacules qui s'attachent à ses jambes. Son regard se porte au-delà de Mikha ou de moi, sur la pauvre Yulia.

— Quel dommage, dit-il. Dans quelques jours à peine j'aurais eu un nouveau-né à sacrifier. Ça, ça aurait alimenté le sceau assez longtemps pour me permettre de souffler…

C'en est trop pour Mikha. Le sang-froid qu'elle a conservé jusque-là s'effrite, craque, et elle se jette sur le vieil homme en hurlant.

Boden est peut-être affaibli, mais ça ne l'empêche pas d'arrêter Mikha d'un seul geste. Il l'intercepte d'un revers de la main, et la claque magistrale jette mon amie au sol.

— Maintenant ça suffit, tonne-t-il. Si je n'interviens pas très vite, ce monstre va répandre le chaos dans toute la forteresse. Puis il atteindra la ville. Ensuite, plus rien ne l'arrêtera. Laissez-moi passer.

J'aide Mikha à se relever. Elle veut déjà repartir à l'attaque, et je dois la retenir :

— Pas maintenant, lui dis-je dans un souffle.

Puis je me retourne vers Boden :

— Qu'est-ce que ce monstre fera que tu n'as déjà fait ? dis-je. Il enlèvera des innocentes ? Il torturera des femmes enceintes ? Il sacrifiera des nouveau-nés ? Heureusement que les fantômes de tes victimes m'ont conduite jusqu'ici. Je vais leur rendre justice et t'arrêter.

Il éclate d'un rire franc, venu du ventre, qui lui rejette la tête en arrière. Puis il dit :

— Tu penses encore que ce sont les esprits des sacrifiées qui t'ont menée jusqu'ici ? Es-tu donc si crédule ? C'est Volos, le maître des illusions qui t'a manipulée pour que tu le libères.

— Tu mens, dis-je. Les âmes de tes victimes m'ont conduite jusqu'ici.

— Cela fait des siècles que je sacrifie des gens pour maintenir cette porte fermée. Tu penses bien que je sais comment tuer quelqu'un sans laisser son esprit revenir me hanter. Sans ça, j'aurais perdu la tête depuis longtemps.

— Des siècles ? Combien de victimes as-tu faites en tout ce temps ?

— Moins que tu le penses. Autrefois les gens se portaient volontaires, aussi étonnant que ça puisse te sembler. À l'époque, une mort pouvait nous protéger pendant six mois, parfois plus. Allons, poussez-vous.

Il nous congédie d'un geste de la main, comme si nous étions des volailles sur son chemin. Je ravale ma haine, recule et entraîne Mikha avec moi. Je sens mon amie trembler de colère, mais elle me fait confiance.

Dès que nous ne sommes plus sur son chemin, Boden nous ignore. Il s'approche de la cage, sort une clef des plis de son habit, et déverrouille la porte. La serrure claque comme un couperet, mais Yulia ne réagit pas. Les gonds grincent quand la porte pivote, mais la jeune fille reste immobile, le visage dépourvu d'expression, le regard distant. Quand Boden se penche et l'attrape par le bras, elle pousse un hurlement strident et s'anime d'un coup. Elle se débat comme un poisson pris dans une nasse, comme un animal qui sait que la mort est toute proche. Mais Boden est fort. Il la gifle, une fois, et l'attrape par les cheveux. Puis il la tire peu à peu vers la sortie de la cage. Quand elle est dehors, il lui retourne une seconde gifle, qui l'étourdit et la projette au sol. Il tire une longueur de corde de sa poche et se penche sur Yulia. C'est le moment.

Je me précipite sur Boden et le pousse de toutes mes forces vers l'entrée de la cage. Il trébuche sur sa victime, se redresse et se tourne vers moi. Son regard est noir comme un ciel d'orage. Les tentacule s'écartent comme pour nous laisser la place de nous battre.

Mikha fonce sur le vieil homme, projectile blond mû par la rage. Elle le percute à la taille et l'emporte avec elle vers la cage. L'arrière de la tête de Boden heurte un barreau avec un bruit réjouissant. Le vieil homme s'effondre, mais cette fois il ne perd pas connaissance. Il veut se redresser. Mikha bondit sur sa poitrine, le plaque au sol, et le frappe. Une pluie de coups de poing, comme des grêlons furieux. Pas d'insulte, pas de cri, juste le bruit répugnant des chairs qui se choquent, et parfois le craquement d'un cartilage. À quelques pas de là, les tentacules semblent frémir d'excitation.

Quand elle en a fini, Mikha est à bout de souffle et ses mains couvertes de sang. Boden, lui, est à peine reconnaissable.

Elle me fait signe de l'aider, et à nous deux nous poussons le vieil homme jusque dans la cage. Mikha claque la porte, je ferme le verrou, et j'empoche la clef.

Puis nous nous tournons vers Yulia.

La pauvre fille a repris ses esprits. Elle s'est assise, a ramené ses genoux sur sa poitrine, et refermé ses bras autour de ses jambes. Elle se balance d'avant en arrière, ne dit rien, ne regarde rien. Mikha s'accroupit devant elle et lui dit doucement :

— Yulia, il faut sortir d'ici pour mettre ton bébé à l'abri.

Yulia cligne une fois des yeux, et son regard se fixe sur Mikha.

— Ton bébé, reprend celle-ci. Il faut le mettre à l'abri. Là-haut.

Yulia hoche la tête, accepte la main que lui tend Mikha. Elles se lèvent et Mikha se tourne vers moi.

— Et maintenant ? dit-elle.

— Tu te souviens par où Boden arrivait, quand il venait vous voir dans la cage ?

Mikha regarde autour de nous, comme pour reprendre ses repères. Dans la cage, elle voyait les choses de plus haut. Et il y avait moins de tentacules, j'imagine.

Elle hoche la tête et tend le bras :

— Par là.

Son ton est ferme, et je ne mets pas sa parole en doute.

— Tu crois qu'elle peut marcher? dis-je en désignant Yulia, qui semble à nouveau perdue dans son monde à elle.

Mikha la tire doucement par la main :

— Viens, allons mettre ton enfant en lieu sûr.

Yulia fait un pas, puis un autre. Ses pieds sont nus, et elle ne porte qu'une chemise de nuit tachée — de sang, de selles, je ne sais pas. Elle avance en silence, d'un pas mécanique. Mais elle avance.

À part le cercle, les cadavres et la cage, la caverne de bois ne semble rien contenir. Seulement les piliers qui relient les tréfonds de l'île et le sol de la forteresse, au-dessus de nos têtes. Je me demande qui connaît l'existence de cet endroit. Les ouvriers qui l'ont construit, bien sûr. Mais combien sont encore en vie?

Plus nous nous éloignons du cercle, plus les tentacules sont rares. Il n'y en a bientôt plus, et nous avançons, seules dans la forêt des piliers. La lampe confisquée à Boden porte loin, et c'est ce qui me sauve la vie. Sans elle, j'aurai continué d'avancer entre les piliers, sans voir le trou béant devant mes pieds.

— On dirait que le plancher s'arrête là, dis-je.

Je lève la lampe à bout de bras. Devant nous, d'autres piliers. Au-dessus de nos têtes, le plancher supérieur se poursuit. Seule la plateforme sur laquelle nous nous tenons s'arrête là.

— Il doit y avoir un passage, murmure Mikha d'une voix blanche. Il suffit de longer le bord, et nous le trouverons. N'est-ce pas ?

Je hoche la tête sans rien dire, parce que j'ai la gorge nouée par l'angoisse.

Longer, oui, mais de quel côté ?

J'essaie de me représenter la cour, au-dessus de nous. Si l'église est au niveau du cercle, alors nous sommes presque en dessous des cuisines. La cabane de Boden est sur notre gauche, quelque part…

Je prends vers la gauche.

La proximité du vide m'angoisse, mais je n'ose pas m'en éloigner. C'est notre seul repère.

Nous marchons ainsi une éternité qui ne doit durer que quelques minutes. Puis nous le trouvons. Pas une échelle, mais un escalier, sommaire mais muni d'une rampe. Et couvert de signes magiques.

— J'espère que ça arrêtera cette horreur, murmure Mikha en avisant les signes.

L'horreur en question n'a sans doute pas besoin d'un escalier pour atteindre la surface, mais je ne dis rien. Ce n'est pas le moment de briser notre fragile espoir.

L'escalier débouche sur une trappe, également couverte de signes étranges. Mon cœur bat la chamade quand je pousse sur la trappe pour l'ouvrir. Et si elle aussi était bloquée de l'extérieur?

Elle pivote avec une facilité déconcertante, et sans un grincement.

Nous débouchons dans une pièce étroite. Murs de rondins, lit sommaire, un coffre. Nous sommes chez Boden.

Je n'ai pas le temps d'examiner en détail les dessins qui recouvrent la trappe et le plancher. Mikha a entraîné Yulia vers la sortie, mais s'est figée sur le pas de la porte :

— Les cuisines sont en feu!

34 - NINA

Le jour se lève, et le chaos règne dans la cour.

Les flammes qui s'élèvent des cuisines font concurrence aux rayons du soleil. Les cris de Gallina se mêlent aux appels des soldats et des ouvriers. On cherche des seaux. On ordonne de former une ligne entre le puits et l'incendie. Déjà, les flammes lèchent le rempart. Sur le seuil de la cabane de Boden, je sens la chaleur du brasier. Nous ne sommes pas en sécurité, prises entre l'horreur qui s'étend sous nos pieds et l'incendie qui fait rage à quelques pas. Mais où se réfugier ? Le monstre, comme le feu, peut s'étendre à toute la forteresse. Dehors, soldats et ouvriers s'organisent pour lutter contre les flammes. Mais comment lutter contre les tentacules ?

J'ai toujours l'amulette d'ambre prise à Boden. Je la lève à hauteur de mes yeux. La lumière de l'incendie la traverse, révélant les dégâts faits par les tentacules : il ne subsiste qu'une fraction d'ambre dorée. La majorité du pendentif est une masse carbonisée, qui s'effrite sous mes doigts.

— L'ambre nous protège, dis-je.

Mikha regarde autour d'elle :

— Il y en a dans les montants du lit.

Elle essaye d'en arracher, ne parvient qu'à se briser les ongles. Dehors, les flammes se rapprochent. Bientôt nous serons prisonnières.

— Nous n'avons pas le temps, dis-je. Il faut partir d'ici.

— Pour aller où ?

Il nous faut un endroit sûr. Un endroit avec des soldats pour nous protéger du feu, et de l'ambre pour repousser les tentacules.

— La chambre de la tsarine !

Mikha me regarde comme si j'étais devenue folle. Je n'ai pas le temps de lui expliquer, pas le temps de lui parler de la tenture qu'une armée de couturières a ornée d'ambre. Je l'attrape par le bras et lui demande, une fois de plus, de se fier à moi.

— Attends !

Elle se dégage, le temps d'arracher les couvertures du lit :

— Pour se protéger du feu.

Nous recouvrons Yulia, puis nous enveloppons à notre tour, avant de quitter la cabane pour braver les flammes.

La chaleur qui nous happe me coupe le souffle, et la fumée me brûle les yeux. En un instant, je suis désorientée. J'imagine des tentacules qui traversent le sol de la cour et se mêlent à la fumée de l'incendie.

La panique. La certitude glacée que je vais mourir ici et maintenant, dans d'atroces souffrances. Que j'ai mené Mikhaela à sa mort. Je veux lui demander de me pardonner. J'ouvre la bouche pour parler, inspire une fumée brûlante, et pars dans une quinte de toux qui me force à expulser de l'air que j'ignorais posséder.

— Eh, y'a quelqu'un ? crie une voix.

Mikhaela répond :

— Ici !

Avant de se plier en deux, elle aussi victime d'une toux violente.

— Les gars, y'a encore du monde là-dedans ! s'écrie une voix d'homme. Par là !

Des exclamations assourdies par le grondement du feu. Une main qui se referme sur mon épaule comme un étau et m'entraîne à sa suite. Je tire Mikha derrière moi, prie pour qu'elle entraîne Yulia à son tour.

On nous mène par-delà le puits, jusqu'au milieu de la cour, où règne la fraîcheur d'un matin d'hiver. Je me laisse tomber à terre, toujours en proie à la toux, alors que des larmes acides m'aveuglent. Je sens Mikha toute proche, et j'entends Yulia tousser. Nous avons survécu. Mais pour combien de temps ?

Le sol tremble, sous les assauts du feu ou du monstre, je l'ignore.

J'utilise le bas de ma robe pour m'essuyer le visage. Je respire mieux, les quintes de toux s'espacent. Près de moi, Mikha s'occupe déjà de Yulia. Notre sauveur, dont je n'ai pas vu le visage, est déjà reparti. Nous sommes seules. Je me redresse, fais signe à mes compagnes de se remettre debout et de me suivre. La tête me tourne, et je vois flou. Ça ne m'empêche pas d'atteindre la porte de service qui mène aux appartements des dames de cour.

35 - BODEN

C'est la douleur qui ramène Boden à la conscience.

Le vieil homme ouvre péniblement les yeux. Il est dans la cage. Sa mémoire se remet peu à peu en marche. La gamine l'a frappé avec une force qu'il ne lui soupçonnait pas. Mais les cartilages tordus et les os fendus ne sont rien en comparaison de ce que Volos lui fait désormais subir. Le dieu sombre n'est encore qu'une ombre dans ce monde, mais déjà il attaque son geôlier avec une rage insoutenable.

Les runes gravées sur le corps de Boden protègent le vieil homme du danger, mais pas de la douleur. Chaque fois qu'un des signes arrête l'attaque de Volos, la magie se disperse dans une explosion de douleur. Boden serre les mâchoires. Des dents se brisent. Il ne sait plus si ses yeux sont ouverts ou fermés : il ne voit qu'une lumière blanche aveuglante, traversée d'éclairs pourpres à chaque nouvelle attaque. Son estomac s'est révolté. Il a le goût de la bile et du sang dans la bouche. Il se demande combien de temps son cœur va tenir le choc, et si ses poumons pourront prendre leur prochaine inspiration. Une odeur de chair brûlée le prend à la gorge. Sur sa peau, les runes sont soumises à une attaque constante.

Volos va le torturer jusqu'à la mort. Le pire, c'est qu'il l'a bien mérité. Il a toujours su ce que signifierait l'échec. Volos n'est pas un dieu tendre, et il a d'excellentes raisons d'en vouloir à Boden, son geôlier.

Le vieil homme s'est résigné à son sort quand il lui semble entendre une voix. Encore une illusion de Volos ? On dirait la voix de la gamine, Nina. Elle appelle son nom.

Vrai appel ou jeu du dieu sombre, Boden répond. Il tente de répondre. Il est si faible. Mais si par chance c'est la gamine… Boden essaie de se souvenir si c'est Nina qui a son couteau. Elle pourrait l'achever. Abréger ses souffrances. Ces souffrances-ci, du moins. Car dans l'autre monde, Boden ignore ce qui l'attend. Il se doute que ce n'est rien de bon.

La voix de Nina se rapproche. Ou peut-être Boden a-t-il perdu la tête.

36 - NINA

Le chaos qui règne dans la partie noble de la forteresse est à peine moindre que celui des cuisines. Ici pas d'incendie, mais des traces de sang dans le couloir, de plus en plus nombreuses à mesure que nous approchons des appartements de la tsarine. Devant l'antichambre, trois cadavres de soldats. Ils tiennent encore leurs sabres dans leurs poings serrés. L'un d'eux a répandu ses entrailles sur le sol. L'autre s'est vidé de son sang, égorgé comme les victimes de Boden. Le troisième… Le troisième n'est pas mort. Il se traîne vers les deux autres, laissant une longue trace écarlate derrière lui, son visage déformé en un masque de haine. Je me fige en le découvrant, mais il ne s'intéresse pas à nous. Il semble décidé à rejoindre ses deux camarades morts. Je l'observe, parce que la peur, la répugnance et la fascination ne me laissent pas d'autre alternative. Il avance lentement, en rampant sans lâcher son sabre. Il parvient à côté du premier cadavre, repousse les entrailles étalées autour du corps, se redresse en grimaçant, cherche visiblement à planter son sabre dans la gorge de l'autre, et s'écroule sur le cadavre sans y parvenir. La haine ne quitte ses yeux qu'avec la dernière étincelle de vie.

— Allons-y, soufflé-je.

Nous contournons les cadavres, et j'ouvre la porte de l'antichambre. Des hurlements de frayeur nous accueillent. Puis un ordre :

— Halte!

Un groupe de femmes apeurées se tient dans l'antichambre. Elles se serrent les unes derrière les autres comme pour se rassurer. Devant elles, une femme brune, les cheveux flottant sur les épaules, en chemise de nuit. Elle tient un sabre semblable à ceux des soldats, et semble décidée à s'en servir. Je reconnais sans peine notre tsarine, mais je suis trop choquée pour penser à m'incliner, ou même à détourner le regard.

— Qui êtes-vous? dit-elle. Que voulez-vous?

Les mots restent coincés dans ma gorge, et c'est la voix de Madame qui répond à ma place :

— C'est Nina, une de mes couturières.

Madame fait un pas en avant, et sa présence familière me sort de ma transe.

— Je… Nous avons besoin… Nous sommes toutes en

danger, finis-je par balbutier.

La tsarine baisse son sabre, s'avance pour regarder par-dessus mon épaule :

— Les gardes ? demande-t-elle.

— Ils sont morts, dis-je. Tous les trois.

La tsarine nous fait signe d'entrer, jette un œil aux trois soldats morts, et referme la porte.

— Que se passe-t-il, dehors ? demande-t-elle encore. Une mutinerie ?

Par où commencer ?

— Il y a quelque chose, sous la forteresse. Quelque chose de dangereux…

Le regard de la tsarine me transperce :

— Volos ? dit-elle.

— Vous… Vous savez ?

— Évidemment. Mon époux me tient au courant. Continue.

— Volos est en train de se libérer. La seule chose qui le repousse, c'est l'ambre.

La tsarine hoche brièvement la tête, comme si elle savait déjà. C'est sans doute pour ça qu'elle a fait réaliser cette tapisserie…

Elle écarte le troupeau de dames en chemises de nuit et ouvre la seconde porte de l'antichambre :

— Nous serons en sécurité dans mes appartements.

Les dames suivent la tsarine ; je pousse Mikhaela devant moi, mais Madame m'arrête :

— Où est Ielena ? dit-elle.

Je secoue la tête. Je n'en sais rien.

— Dans la chambre, j'imagine.

Les émotions qui se succèdent sur le visage de l'étrangère sont si puissantes que je n'ai pas besoin d'explication. L'inquiétude. Elle fait un pas vers le couloir. Puis la culpabilité : son regard se tourne vers les appartements et la tsarine. Madame est tiraillée entre deux loyautés. Sur le seuil de la chambre, la tsarine a tout compris :

— Nous sommes en sécurité ici. Tu peux y aller, si c'est ce que tu veux.

— Merci, souffle Madame.

La tsarine nous rejoint en deux enjambées, et fourre un poignard dans les mains de Madame.

— Combien de filles, là-haut ?

— Une dizaine.

— Ramène-les ici.

Madame rouvre la porte. Elle a un mouvement de recul en découvrant les trois cadavres qui lui bloquent le passage. Puis elle serre les dents, relève le bas de sa chemise de nuit en dentelle, et enjambe les corps.

La tsarine referme la porte et se tourne vers moi :

— Que s'est-il passé ?

Je baisse les yeux et j'avoue :

— Tout est de ma faute. Boden allait tuer Mikhaela. J'étais dans le cercle avec elle. Mais nous ne pouvions plus sortir. Prises au piège, par la magie. Alors j'ai pris le couteau, et j'ai brisé le cercle, et j'ai emmené Mikha avec moi. Ensuite Boden a voulu sacrifier Yulia pour refermer le cercle, et nous l'en avons empêché. Elle est enceinte, Yulia. On ne pouvait pas… Je n'ai pas pu…

— Je vois, interrompt la tsarine d'une voix sèche. Tu as sauvé ta vie, celle de ton amie, de cette Yulia et de son enfant, et maintenant ce monstre est sur le point de s'enfuir.

— Je suis désolée, je ne savais pas…

— Comment aurais-tu pu savoir ? Et les méthodes de ce Boden sont barbares et d'un autre âge. À ta place, j'espère que j'aurais eu ton courage, et ta fidélité. Il va nous falloir trouver une autre solution, c'est tout. Et avant ça, il faudra recapturer Volos. Pas une partie de plaisir, mais ça a déjà été fait, ça pourra être fait à nouveau. Allons, viens, ne traînons pas ici.

Elle m'entraîne dans la chambre, et je la suis sans oser relever les yeux. Les rumeurs que j'ai entendues sur cette femme me reviennent en mémoire. Servante ? Maîtresse ? Elle l'a peut-être été, mais en cet instant elle est une impératrice, même si elle n'en porte pas le titre.

Elle veut « trouver une autre solution »… Est-ce seulement possible ? Et d'ici là, combien de personnes vont-elles mourir, comme les soldats dans le couloir ? Comme les occupants des cuisines, peut-être. Combien d'éventrés, d'asphyxiés, de brûlés ? Tous, par ma faute.

Je m'arrête net sur le seuil de la chambre. Quand je relève la tête, mon regard trouva immédiatement celui de Mikha. Elle comprend ma décision à l'instant où je la prends.

— Non !

Je fais un pas en arrière, et elle se précipite pour me retenir.

— Je te confie Yulia, dis-je. Elle a besoin d'un visage familier, et moi j'ai besoin de te savoir à l'abri.

Elle commence à protester, mais nous nous connaissons si bien… Elle n'achève même pas sa phrase, et se contente de secouer la tête. Puis elle relâche ma main.

— Que comptes-tu faire ? dit la tsarine.

— Aider Boden à refermer le cercle.

Je ne veux pas en dire plus devant Mikha. La tsarine

hoche la tête d'un coup sec ; elle a compris.

— Tu veux une arme ?

Je lui montre l'amulette de Boden, carbonisée. Sans un mot, elle retire une chaîne que ses cheveux défaits avaient cachée. Une grosse croix d'ambre y pend. Elle me la passe autour du cou et souffle :

— J'ignore quels dieux président ces sacrifices, mais je prie qu'ils veillent sur toi.

Je tourne les talons, sans un mot, sans un regard en arrière, sans réfléchir, pour ne pas risquer de changer d'avis.

37 - NINA

J'évite de regarder les cadavres que j'enjambe, je leur tourne le dos et je m'élance dans le couloir au pas de course. J'ai pris la direction de l'escalier de service. La force de l'habitude. J'entends les marches grincer au-dessus de moi, et des appels résonnent depuis les étages supérieurs. Madame et Ielena houspillent les filles pour qu'elles descendent se réfugier chez la tsarine. Un instant je pense aller à leur rencontre. Mais je n'ai pas le temps de discuter, et elles non plus. Des exclamations résonnent au rez-de-chaussée. Des voix d'hommes dans lesquelles se mêlent la colère et la peur. Elles approchent, et soudain je regrette de ne pas avoir accepté de prendre une arme quand la tsarine me l'a proposé. Je ne comprends pas exactement ce que crient les hommes, mais je distingue les mots « sorcières », « sortilèges », et « là-haut ». Un vertige me saisit, et je me rattrape à la rampe. Ce n'est pas le moment de me laisser posséder par la peur.

Je tourne les talons et repars au pas de course vers les appartements de la tsarine. La porte est verrouillée. Je tambourine sur le battant de bois laqué et crie :

— Des hommes montent les escaliers. Ils cherchent des sorcières.

Je n'attends aucune réponse.

Les doigts des trois morts sont encore enroulés sur la poignée de leurs sabres, mais déjà leurs muscles se relâchent. Les armes sont poisseuses de sang. Je les serre contre moi comme une brassée de bois et repars vers l'escalier de service aussi vite que je l'ose.

Madame s'est arrêtée entre deux étages, les filles entassées derrière elle dans l'escalier. Ielena penche la tête par-dessus la rampe, un étage plus haut. Les cris sont de plus en plus forts : les hommes sont presque là. Je tends un sabre à Madame, qui le saisit sans hésiter. Je m'écarte pour la laisser passer, et elle fait signe aux filles d'avancer. Elle-même se place de manière à empêcher les hommes de prendre pied dans le couloir.

Les filles défilent devant moi, comme des spectres avec leurs chemises de nuit pâles, leurs cheveux défaits et leurs yeux écarquillés par la peur. Ielena ferme la marche. Elle m'attrape les épaules :

— Nina, où étais-tu ? J'ai cru que toi aussi…

— Pas le temps. Boden a tué les disparues. J'ai retrouvé Mikha. Elle t'expliquera.

Ielena veut parler, mais Madame nous pousse vers le couloir. Les hommes sont presque arrivés à notre étage. Je confie le second sabre à Ielena et la pousse devant moi :

— Vite, chez la tsarine !

Elles partent au pas de course. J'hésite un minuscule instant. Rester pour retarder les hommes ? Je n'ai aucune chance face à un groupe de soldats. Et j'ai plus important à faire. J'emboîte le pas à Ielena.

Quelqu'un a repoussé les cadavres pour dégager la porte de l'antichambre, et fait entrer les filles terrifiées. Je ne ralentis pas pour voir de qui il s'agit. Je prie pour que le grand escalier ne soit pas lui aussi envahi de soldats en pleine chasse aux sorcières.

Ielena appelle mon nom, mais je ne me retourne pas. Je n'ai pas ce courage.

Le grand escalier, celui destiné aux nobles, relie le premier étage à l'entrée principale de la forteresse. Ses marches et ses murs sont en pierre, et me renvoient les échos d'autres voix masculines. Par là aussi, le passage est bloqué.

Si je ne peux pas descendre, je peux monter, mais pour aller où ? Les hommes cherchent une sorcière sur laquelle reporter leur colère : ils peuvent fouiller toutes les pièces, depuis les salons du premier jusqu'aux chambres sous les combles…

Les voix se rapprochent trop à mon goût. Je me précipite vers le second étage, sans savoir ce que je vais y faire. Mais dès que j'arrive sur le palier, une petite porte attire mon attention. À peine moins discrète que les portes destinées aux serviteurs. Je ne l'ai jamais franchie, mais je sais où elle mène : sur les remparts.

Est-ce qu'un troisième groupe de soldats risque de me tomber dessus par cette porte ? Je m'en approche sans faire de bruit et tends l'oreille. Rien. Je pose la main sur la poignée, entrouvre le battant… Je découvre un couloir sombre, frais et désert. Au premier étage des portes claquent et je sursaute. Ces hommes devraient combattre l'incendie ou trouver le moyen de repousser le monstre, au lieu de s'en prendre à leur sorcière imaginaire. Est-ce que le monstre, «Volos» comme l'appelle Boden, est responsable de ce chaos ?

De nouveaux claquements de porte me font bondir, et par réflexe je me réfugie dans le couloir sombre et referme le battant derrière moi.

Et maintenant ?

Je pourrais rester cachée là et laisser les autres se débrouiller avec le monstre. Mais quels autres ? Le seul qui sait quoi faire, c'est Boden, et je l'ai abandonné en bas, enfermé dans sa cage. Je n'ai pas vraiment le choix. J'ai libéré cette chose, c'est à moi de refermer la porte avant qu'il ne soit trop tard. Je me redresse, trouve le mur à tâtons, et avance dans le noir.

Le couloir se transforme rapidement en escalier raide et étroit. Je trébuche sur la première marche, rate la seconde, et décide de monter les suivantes à quatre pattes. C'est alors que le premier spectre apparaît.

Il émerge des marches juste devant mon nez. D'abord une tête, blanche et lumineuse. Des cheveux longs et défaits. Un visage déformé par un cri animal.

Je recule précipitamment, m'emmêle les pieds et me cogne le menton sur l'angle d'une marche. Mes mâchoires claquent sur le bord de ma langue, le goût du sang m'envahit la bouche, et pendant un instant je ne peux plus bouger.

38 - NINA

Le premier spectre déferle sur moi avec un hurlement strident qui me vrille les oreilles. Je le sens me traverser comme une vague glacée. Une terreur brute me frappe à l'estomac, comme si l'émotion était directement née dans mes entrailles, sans passer par ma tête.

Déjà d'autres silhouettes surgissent devant moi. Je me recroqueville, les bras sur la tête, les genoux contre la poitrine. Les spectres me traversent, encore et encore, me déchirent les oreilles de leurs hurlements inarticulés.

Puis c'est le silence. J'ose à peine rouvrir les yeux. L'obscurité est retombée sur le couloir. Une voix douce m'appelle. Je la reconnais, c'est celle de ma grand-mère.

— Baba… ?

Elle est là, devant moi, avec ses yeux vitreux et son sourire tendre. Elle me tend la main :

— Ninouchka, qu'est-ce que tu fabriques ? Pourquoi es-tu partie si loin de moi ?

— Baba… Est-ce que tu es morte ?

— Ta mère a plus que jamais besoin de toi, dit Baba. Rentre à la maison.

L'élan de tendresse me déchire la poitrine. «La maison»… Je n'y retournerai jamais.

— Mais si, insiste Baba. Tu peux revenir. C'est le chaos autour de toi. Personne ne remarquera que tu t'es échappée. Tu trouveras des marchands qui repartent vers le sud. Allez, il est temps de rentrer.

Une clameur s'élève au loin, quelque part au-dessus de ma tête. Des voix d'hommes en colère. Derrière moi, une porte claque. Je suis prise entre deux feux. Baba me tend la main avec son sourire doux, comme si de rien n'était. Au prix d'un effort extrême, j'ignore le spectre. J'ai une mission à accomplir. Je dois sortir d'ici. Je décide de continuer vers le haut des remparts.

La porte qui ouvre sur l'extérieur est aussi discrète que celle qui débouche dans la forteresse. Je reste un instant sur le seuil pour comprendre où je suis, et ce qu'il se passe autour de moi.

J'ai émergé à l'air libre. La fumée me pique les yeux, mais le vent marin la disperse par moment.

Je suis au sommet des remparts, sur un chemin de

ronde maçonné. D'un côté je devine la présence de la mer. De l'autre, les flammes atteignent presque le haut du mur.

Une voix beugle des ordres à quelques pas de moi, et je recule instinctivement dans le couloir. Je referme la porte, ne laissant qu'une mince ouverture par laquelle regarder ce qu'il se passe sur les remparts.

Un troupeau de soldats passe dans mon champ de vision. Ils se bousculent comme des moutons apeurés. Je reconnais la voix qui les houspille. C'est l'officier qui a aidé Boden. Celui qui a enlevé Mikha et Yulia. Mikha a dit qu'il s'appelait… Piotr.

— Demi-tour bande de pleutres! hurle Piotr. Je vous interdis de fuir. Descendez dans cette cour et éteignez-moi ces flammes!

— C'est l'œuvre du démon! lance un soldat.

Piotr ne répond rien, peut-être parce qu'il sait que l'autre a raison.

Quelqu'un profite du silence de l'officier pour lancer :

— T'as qu'à y aller, dans la cour!

Des clameurs viennent soutenir cette idée. Piotr semble se reprendre :

— Notre tsar est en bas, il lutte contre les flammes. Allez-vous l'abandonner?

— Non ! s'écrie un soldat. On va lui envoyer de l'aide.

Et comme s'ils s'étaient passé le mot, les soldats se précipitent sur leur officier. Des mains l'attrapent aux épaules. Il décoche des coups de poings et de pied. Il réussit à tirer à moitié son sabre, mais la foule le presse de toutes parts. Les coups pleuvent. La foule soulève l'officier et se rapproche du bord de la muraille. Piotr bascule dans le vide avec un hurlement qui s'achève dans un bruit sourd. Les soldats poussent des cris de joie. Puis quelqu'un lance « aux bateaux », et ils prennent leurs jambes à leur cou dans une nouvelle bousculade.

La muraille désertée, j'ose enfin sortir de ma cachette. J'approche du rebord et me penche prudemment. La cour est dévorée par les flammes. Les tentes, les baraques en bois, les tas de matériaux de construction… Tout ce qui peut brûler brûle. Il me semble même voir un tas de pierres dévoré par les flammes. Soit mes yeux me jouent des tours, soit il se passe des choses qui m'échappent…

Un mouvement attire mon attention, juste au pied de la muraille. Un corps désarticulé, étalé sur un tas de moellons. Je reconnais Piotr. Il a atterri sur le dos, les bras en croix. Un liquide sombre teinte la pierre sous sa tête. Une de ses jambes danse la gigue toute seule. Piotr ouvre et ferme la bouche comme un poisson hors de l'eau. Il doit souffrir — beaucoup.

— Tant mieux, fait Baba à côté de moi.

39 - NINA

— C'est dangereux ici, me dit encore Baba. Il est temps de partir.

Elle a raison, bien entendu.

Toujours au sommet du rempart, je pars au pas de course dans la direction générale des cuisines. Je ne croise personne. En bas, dans la cour, c'est le chaos. Le feu ronfle, des voix d'hommes s'interpellent, des femmes crient. Baba flotte derrière moi.

— Pas par là! lance-t-elle. Tu vas dans la mauvaise direction.

Je trouve l'escalier que je cherchais, celui par lequel les gardes étaient descendus nous rejoindre, Ielena et moi, la nuit où nous tentions de retrouver Mikha sur la grève.

— Non !

Baba se dresse devant moi les bras en croix pour me barrer le chemin :

— Fais demi-tour et rejoins les bateaux ! ordonne-t-elle.

J'inspire comme avant un plongeon et traverse le spectre. À part une intense sensation de froid et un hurlement de rage, il ne se passe rien. Les spectres ont peut-être gagné la possibilité de parler, mais ils ne peuvent toujours pas me faire de mal. Pas directement, du moins.

Car Baba se met soudain à hurler :

— Sorcière ! C'est la sorcière ! C'est elle qui a mis le feu ! Attrapez-la !

Je descends les marches au pas de course, pénètre dans le nuage de fumée âcre qui recouvre tout en bas. Des exclamations me parviennent. Des gens ont entendu Baba. « Où ? » demandent-ils. « Où est la sorcière ? »

Je longe la base de la muraille alors que Baba tente de guider les voix jusqu'à moi. La fumée ne semble pas gêner le spectre pour voir, pas plus que la cécité qui touchait Baba de son vivant. Mais bien sûr, le spectre n'a jamais été Baba. Pour rien au monde ma grand-mère ne me jetterait en pâture à une foule en colère. Boden avait peut-être raison : les spectres ne sont pas des âmes en peine, mais des illusions.

J'arrive près des cuisines. Ce ne sont plus qu'un brasier ronflant comme un animal enragé. Soldats et ouvriers ne cherchent plus à éteindre les flammes, seulement à les circonscrire. En retrait, je remarque la haute silhouette de Gallina, qui contemple la mort de son royaume. Elle serre Demyan et Feliks contre elle. Les jeunes garçons pleurent à chaudes larmes.

Je contourne les équipes qui arrosent les abords de l'incendie, évite d'approcher Gallina et les garçons, et me faufile en direction de l'abri de Boden. La cabane est elle aussi la proie des flammes.

Derrière moi les cris de « sorcière » se rapprochent. Les appels de Baba ont remis mes poursuivants sur ma trace. Devant moi, la porte béante de la cabane laisse échapper des volutes d'une fumée encore plus noire que celle qui nous entoure. J'hésite, mais en fait je n'ai pas le choix : je retiens mon souffle et m'engouffre dans la cabane en feu.

La trappe est toujours là. Je me brûle les mains sur le bois, mais je parviens à l'ouvrir. Là-dessous, il fait nuit noire.

Il me faut une lampe. Je me reproche de ne pas avoir pris une des torches qui illuminaient — inutilement — le chemin de ronde au sommet des remparts. D'un autre côté ce ne sont pas les flammes qui manquent autour de moi...

Une quinte de toux me plie en deux. Je ne dois pas

traîner. Des larmes acides me brûlent les yeux, mais je distingue l'unique chaise de la cabane, ou ce qu'il en reste. D'un coup de talon je détache un pied à moitié carbonisé. La voilà ma torche. Je m'enfonce sous le plancher.

En bas, l'air est plus respirable. Pas de fumée, pas de cendres en suspension. Même l'affreuse odeur de charogne me semble bénigne en comparaison.

Une forêt de tentacules m'accueille au pied de l'escalier, si nombreux que je ne vois pas le plancher. Je me fige. Puis je me souviens du pendentif en ambre que la tsarine m'a donné. Je le sors de sous mes vêtements et le lève de manière à ce que la lumière de la torche le fasse briller. Les tentacules frissonnent. Je fais un pas en avant.

La mer de tentacules s'ouvre devant moi comme dans un passage de la Bible. Je tente de m'orienter. Je dois retrouver la cage où j'ai laissé Boden.

Mais une armée de spectres s'élève désormais entre moi et mon objectif. Je reconnais les serves sacrifiées par Boden, des ouvriers, des soldats… Ils sont trop nombreux pour que je les compte.

— Vous ne pouvez rien contre moi !

Ils ne bougent pas. Je fais un pas en avant.

Le hurlement semble jaillir de centaines de gorges à la fois. Des voix graves et aiguës se mêlent pour former un son inhumain. Je me fige sous le coup de la surprise, manque de lâcher ma torche pour me boucher les oreilles.

Mais ce n'est qu'un bruit. Puissant et désagréable, mais rien qu'un son. Je fais un pas de plus. Je suis presque nez à nez avec les premiers spectres maintenant. Le bruit s'arrête comme il a commencé, cédant la place à une voix douce et posée. La voix de Mikha.

— Nina, j'ai besoin de toi !

Les spectres s'écartent pour laisser avancer mon amie. Elle tend les bras vers moi :

— Yulia est en train d'accoucher, j'ai besoin d'aide dit Mikha.

Je secoue la tête :

— Vous êtes là-haut, avec la tsarine.

— Elle est partie. Tout le monde est parti. Nous sommes seules, et le feu nous encercle. Tu dois remonter. Sans toi nous allons mourir.

L'expression de supplication sur son visage est à peine soutenable. Je détourne les yeux, fixe le regard sur le plancher devant moi, et fais un pas de plus en avant.

— Au secours Nina ! hurle Mikhaela.

Je ferme les yeux pour ne pas la regarder. Je sais que ce n'est pas elle, mais il est si difficile d'ignorer son appel…

— Je sais que je suis là par ta faute, dit Mikha d'un ton accusateur.

Sous le choc, je rouvre les yeux pour dévisager le spectre, qui poursuit :

— Tu as fait croire que notre maîtresse s'était débarrassée de moi en me donnant à l'officier du tsar, et que tu t'étais portée volontaire pour rester avec moi. La vérité, c'est que l'officier t'a repérée pour tes précieux talents de brodeuse. Personne ne s'intéressait à une fille de cuisine comme moi. J'aurais pu rester auprès de ma famille. Mais tu es allée raconter que j'étais un cordon bleu, et que la maîtresse voulait me garder pour elle. Tu as menti à l'officier parce que tu ne voulais pas partir seule. Tu voulais me garder près de toi. Tu n'avais aucun droit…

Je pousse un cri de rage et fonce sur les spectres. Ils ne s'écartent pas, me forcent à traverser leurs présences glacées. Je frissonne, et pourtant une goutte de sueur froide dévale le long de mon dos. Les appels de Mikha se font de plus en plus stridents. Je m'accroche d'une main à ma torche, et l'autre se porte sur le pendentif. Dès que mes doigts touchent l'ambre, les cris se taisent. Je risque un regard autour de moi : les spectres sont toujours là, Mikha tend les bras, son beau visage déformé par la rage. Mais je ne l'entends plus.

Je tente de percer l'obscurité de la crypte pour me repérer. Où est ce cercle ? Où est la cage ?

— Boden !

J'appelle, sans savoir si l'homme est toujours en vie.

— Boden ! Je viens fermer le cercle !

Une réponse me parvient, si faible que je l'ai peut-être imaginée. Je prends pourtant cette direction. Ce doit être la bonne, car les spectres s'agitent pour me barrer le passage. J'avance, comme au travers d'une eau à moitié gelée.

Les cris me parviennent un peu plus clairement. J'accélère le pas. Je n'ose pas courir de peur de trébucher : les spectres sont si nombreux pressés autour de moi que je ne vois pas où je mets les pieds.

J'appelle à nouveau, mais n'obtiens plus de réponse. J'ai peut-être imaginé la voix de Boden. J'ai peut-être même été victime d'une autre manipulation des spectres. Je garde les yeux au sol, prie la Sainte Vierge, et poursuis mon chemin, au milieu des illusions.

40 - NINA

Je heurte un cadavre suspendu au plafond, et pousse un hurlement de terreur. La carcasse se balance au bout de sa corde. Je recule, m'accorde quelques instants pour reprendre un semblant de sang-froid. Puis je contourne l'obstacle. Je suis enfin sur la bonne voie.

Je longe la spirale macabre jusqu'à son centre. Le cercle est toujours caché sous le dôme sombre, d'où l'œil jaune me surveille. Je détourne le regard, préférant encore contempler les spectres et leurs cris inaudibles.

J'ouvre la bouche pour appeler Boden, mais aucun son ne sort. Je suis trop terrifiée par la présence de ce monstre et de son œil jaune pour oser faire le moindre bruit. Je me résous à reculer et à me cacher derrière un pilier. Le monstre est toujours là. Je sais que je ne le trompe pas. Il me surveille. Ce n'est qu'après plusieurs tentatives que je parvins à souffler :

— Boden ?

Le son de ma voix me rassure assez pour que je recommence, cette fois plus fort :

— Boden ? Boden ? BODEN ?

— Ici !

Ça vient de l'autre côté du monstre. Je suis forcément passée près de la cage quand j'ai suivi la spirale de cadavres. Je ne l'ai simplement pas vue.

Je quitte ma cachette et contourne le monstre à distance respectueuse. Je ne lève pas les yeux du sol tant que je n'ai pas laissé la chose derrière moi. Puis j'appelle à nouveau.

Boden me répond d'une voix éraillée, mais proche. Enfin, la lumière de ma torche me révèle la présence de la cage. Le vieil homme est recroquevillé au fond de sa prison. Du moins je suppose que cette forme recouverte de tentacules est celle de Boden. Des explosions lumineuses se déclenchent ici et là sur la forme inerte, repoussant un instant les tentacules, qui reviennent immédiatement à la charge.

— Boden ?

La forme remue. Je me précipite, la croix d'ambre bien en évidence. Les tentacules reculent comme à regret, s'attardent sur le corps prostré du vieil homme. Je récupère la clef au fond de ma poche et ouvre la cage d'une main tremblante. Quand je me penche vers Boden, mon pendentif se balance au bout de sa chaîne, et les derniers tentacules s'enfuient comme des serpents. Ils laissent derrière eux un corps secoué de tremblements. Les vêtements du vieil homme sont brûlés par endroit, révélant des runes lumineuses sur tout son corps. Des runes comme celle de son front, j'imagine. J'ose à peine le toucher…

Il remue à nouveau, gémit d'une voix rauque.

— Boden ? Tu es… Euh…

Il se redresse et me vrille de son regard bleu.

— Je suis venue refermer le cercle, dis-je.

Il ne semble pas comprendre. Je poursuis :

— Là-haut la forteresse brûle, les gens sont devenus fous.

Il cligne des yeux et demande :

— Le tsar ?

— On dit qu'il est avec les hommes qui luttent contre l'incendie.

Boden hoche la tête, comme s'il s'attendait à ma réponse.

— Il faut refermer le cercle, murmure-t-il.

— Je suis venue pour ça. Mais avant je veux savoir.

— Quoi? soupire le vieil homme.

— Cette chose… C'est un démon?

— C'est un dieu.

Nous nous regardons en chiens de faïence, puis je finis par balbutier :

— Il n'y a qu'un seul Dieu…

Boden m'interrompt d'un geste impatient :

— Tu veux que je t'explique ou pas?

J'acquiesce, et il poursuit :

— Malgré ce que racontent vos prêtres, il n'y a pas un Dieu, mais une multitude de dieux et déesses. Certains ont disparu depuis bien longtemps, depuis qu'une armée ou une famine a détruit leurs fidèles. D'autres s'accrochent. Volos est de ceux-là. Il n'a pas besoin de prières ou de sacrifices pour prospérer. Il se nourrit du chaos, du désordre, des guerres et des meurtres. Autant dire qu'il n'est jamais affamé. C'est pour cela qu'on l'a enfermé.

— Qui? Qui peut enfermer un dieu? Et où?

— Mes ancêtres possédaient un savoir que tu ne soupçonnes pas. Nous avions de grands sorciers. Je ne connais pas les détails. Je sais seulement que pendant des générations et des générations, nous avons maintenu Volos enfermé.

— En sacrifiant des femmes ?

Il acquiesça.

— Hommes, femmes, enfants…

— Tu as dit que les gens se portaient volontaires pour être sacrifiés, autrefois. Pourquoi ?

— Ils avaient conscience du danger, si Volos se libérait. À cette époque, un seul sacrifice pouvait nourrir le sceau pendant des mois. Puis les gens ont cessé de croire, et les sacrifices sont devenus moins efficaces. Sans compter la guerre, qui attire toujours Volos, l'aiguillonne et le pousse à lutter contre sa cage. Quand ton tsar s'est mis en tête de conquérir ce coin de marécage, et que ses troupes sont arrivées près de l'île, Volos est devenu frénétique. Ses illusions ont fait perdre la tête à la moitié de la garnison suède. On aurait dit qu'il voulait que la porte tombe entre les mains des Russes.

— Pourquoi ?

— Peut-être pour se venger.

— De qui ? De quoi ?

Boden pousse un soupir de lassitude, se passe une main ridée sur son visage las, puis explique :

— Il y a plusieurs siècles de cela, mon prédécesseur a échoué. La porte s'est entrouverte, et Volos s'est enfui. Après des siècles de captivité, le dieu était en colère contre l'humanité. Il a voyagé par-dessus les terres, à la recherche d'une région peuplée, pour faire un maximum de victimes. Il est arrivé à Moscou. Là, il a pris l'apparence d'un serpent de feu. Il a brûlé la ville, pendant des jours et des jours. Jusqu'à ce que le tsar, celui que l'on appelait Ivan le Terrible, ne maîtrise la bête. Ivan a compris à quoi, et à qui, il avait affaire. Il a fait appel à des prêtres de l'ancienne foi, et à eux tous ils ont à nouveau banni Volos, ici, au bout de la Terre, aux confins d'un fleuve, d'un lac et d'une mer. Ivan et moi avons passé un accord, et je suis devenu le gardien de la porte.

— Quel accord ? dis-je.

Je le soupçonne d'avoir négocié un don terrible en échange de cette tâche. Sa réponse ne me rassure pas :

— Ça ne regarde qu'Ivan et moi. De toute façon il est trop tard. Dans quelques jours, quelques heures, le chaos s'étendra à tout le pays. Des milliers de gens mourront… Et nous ne pouvons rien y faire.

— Il y a forcément une solution. Volos a été enfermé là une fois, nous pouvons recommencer.

Il secoue la tête ; il a l'air d'un vieillard au bout de sa vie.

— Si j'étais plus jeune, oui, peut-être. Si j'avais la force, et si les sacrifices avaient encore la puissance qu'ils renfermaient autrefois. Mais je suis trop faible…

— Je suis jeune, dis-je. Je suis forte. Dis-moi ce qu'il

faut faire, et à nous deux nous refermerons cette porte.

— Tu ne m'écoutes pas, s'emporte-t-il. Volos est trop puissant, et moi je suis trop faible. Je n'ai même pas pu empêcher une gamine avec un couteau de mettre à terre le travail de toute ma vie.

— Pour un homme si vieux, tu es bien naïf. Tu n'as toujours pas compris pourquoi une simple couturière a pu ouvrir ta puissante porte ?

— Parce que Volos s'agite, dit Boden. La guerre que mène le tsar redonne des forces au dieu sombre. Les sacrifices ne sont plus aussi efficaces, et à chaque fois que j'effectue le rituel, je suis obligé d'ajouter de ma force vitale. Je m'épuise, et l'ennemi, lui, est de plus en plus puissant.

— Tu ne t'es jamais demandé pourquoi les sacrifices sont de moins en moins efficaces ?

Cette fois Boden est irrité.

— Parce que je n'ai que des filles de ferme à sacrifier ! Pendant des siècles des guerriers et des filles de chef ont donné leur vie pour renforcer le sceau.

— Oui, « donné » leur vie. Offerte, de plein gré. Pas volée comme tu le fais désormais.

— Est-ce de ma faute si le peuple s'est converti au nouveau dieu ? s'énerve Boden.

— Pauvre imbécile. Pauvre, pauvre vieil imbécile. Tu

ne peux pas offrir ce qui n'est pas à toi. Un sacrifice, c'est renoncer à un bien qui nous est cher. Quand tu assassines ces femmes, tu ne renonces à rien.

— Le tsar renonce à une partie de ses serfs, dit Boden.

— Le tsar t'a interdit de sacrifier ses ouvriers ou ses soldats, je me trompe ?

Il n'a pas besoin d'ouvrir la bouche : la réponse est sur son visage.

— Piotr séduit des filles sans défense, et tu les égorges comme du bétail, dis-je. Ce n'est pas un sacrifice. Il n'y a pas d'offrande. Vous êtes des assassins, et si ton dieu sombre se libère aujourd'hui, c'est de ta faute. Alors maintenant, est-ce que tu vas m'aider à réparer tes erreurs, ou est-ce que je dois me débrouiller toute seule ?

41 - NINA

Le dôme de fumée noir a pris de telles proportions qu'il a avalé la spirale de cadavre. La fumée est si dense que la lumière de notre lampe n'y pénètre pas.

— C'est… Volos ? dis-je en un souffle.

Boden acquiesce :

— Il n'est pas encore trop tard. Tant qu'il n'a pas de consistance, il n'est pas vraiment sorti.

— Qu'est-ce qui le retient ?

— Le cercle que tu as brisé n'est qu'un des verrous de la porte. Tout en bas, sous nos pieds, un premier verrou a probablement été forcé par Volos lui-même. Sinon il n'aurait pas pu envoyer ces illusions. Il en reste cinq autres, sans compter les runes gravées sous le plancher, tout autour de nous. Celles-là tiennent encore…

Un grondement l'interrompt, suivi d'un craquement d'arbre abattu. Une odeur de bois brûlé m'apprend que le sol des cuisines vient de céder à l'incendie.

— Tant que le plancher ne brûle pas, dis-je.

Boden opine d'un air sombre.

— Et puis il y a le chemin des sacrifiés, dit-il.

— Le quoi ?

— Les corps suspendus autour du cercle.

— La spirale, c'est une protection ?

— Elle concentre la magie des runes en son centre. Mais elle ne tiendra pas longtemps sans un cercle pour arrêter Volos. Tu dois refermer le tracé.

— Comment je fais ça ?

— Tu as toujours mon couteau ? Alors suis-moi.

— Attends ! Tu as dit que Volos est le maître des illusions, et j'ai eu l'occasion de le constater. Comment je fais la différence entre le réel et ses mensonges ?

Il tend la main, paume vers le haut :

— Donne-moi le couteau.

Je n'ai aucune envie de lui fournir l'arme qui lui permettrait de m'égorger, et il doit le comprendre.

— Très bien, dans ce cas, c'est toi qui vas m'entailler la main.

— Pour que faire ?

— J'ai besoin d'un peu de sang.

— Essaye derrière ta tête.

Il porte la main à sa nuque et rit :

— Tu ne m'as pas loupé. Tu aurais fait une bonne Viking. Approche. Allez, je ne vais pas te faire de mal.

Il lève son index ensanglanté devant mon nez, et je louche pour suivre son mouvement.

— Je trace sur ton front une rune de clairvoyance, dit-il. Tant qu'elle sera là, elle te permettra de percer à jour les illusions de Volos. Alors ne t'essuie pas le front, compris ?

Quand il a fini il me prend la main et m'entraîne dans la brume projetée par Volos.

Une fois à l'intérieur, je ne vois rien, je n'entends rien, et mon univers se réduit à la sensation de la vieille main de Boden, refermée sur mes doigts comme un étau.

Une lueur devant moi, si faible qu'au début je pense que mes sens me jouent un tour, comme quand on ferme les yeux et qu'on appuie sur ses paupières pour y faire naître des éclairs. Mais j'ai les yeux ouverts, et la lueur se précise. Rouge sombre, de la taille d'une personne, elle flotte au-dessus du sol, et je sais ce que c'est : le premier des cadavres, le début de la spirale.

J'ignore si je le dois à la rune de Boden, mais je vois la même lueur sombre émaner de tous les corps, et plus nous avançons, plus elle est forte.

Boden m'entraîne le long de la spirale, et je me demande pourquoi nous ne coupons pas directement vers le cercle. Est-ce que le vieil homme est désorienté ? Moi je le suis.

Quand je remarque que Boden lui-même commence à briller, je comprends. Voyager dans la spirale lui permet d'accumuler de l'énergie. Je ne distingue que son dos, et le bras qui m'entraîne à sa suite, mais ils émettent une lumière orange de plus en plus vive. Et quand je baisse le regard sur ma main, je découvre qu'elle aussi luit. Son éclat est bien faible en comparaison de celui de Boden, et au début je pense que ma peau se contente de refléter son aura. Mais non. Je lève la main devant mon visage : ma paume dégage une lumière dorée.

Boden me force à m'arrêter. Nous sommes parvenus au bord du cercle. Le tracé émet une lueur maladive, du vert glauque qui recouvre le fond des mares au plus fort de l'été, quand le soleil a évaporé l'eau et que ne restent au fond des flaques que de la vase et des algues en décomposition.

Boden franchit le cercle, et je le suis.

Aucune résistance. Le cercle est mort.

La cause, je la retrouve vite : là où j'ai creusé le bois, le cercle de lumière s'interrompt. Boden me désigne l'endroit. Je vois sa bouche bouger, mais je n'entends rien. Je lui fais des signes pour lui expliquer. Alors lui aussi a recours aux signes pour me dire ce que je dois faire. Du tranchant de la main droite, il fait mine de se couper la paume gauche. Puis il trempe deux doigts dans le sang imaginaire, et redessine la partie manquante du cercle, encore et encore. Je hoche la tête. J'ai compris. Ça ne me plaît pas, mais c'est clair, et à vrai dire moins compliqué que ce que je craignais.

Je récupère le couteau de Boden, que j'avais caché au fond d'une poche dissimulée dans les plis de ma robe. La lame n'est pas bien longue, à peine plus que ma main, mais brille d'un éclat de glace. Je la pose sur ma paume. Mes doigts tremblent. Je ne suis ni peureuse ni douillette, et j'ai reçu ma part de coups de ceintures et — en une occasion mémorable — de fouet. Mais je ne me suis jamais fait mal exprès. J'hésite.

Boden me prend le couteau et m'attrape la main. Il me lance un regard, comme pour me demander l'autorisation de m'entailler. Comme s'il lui avait fallu l'accord de toutes ses victimes… Mais j'acquiesce. Le geste est vif, précis. La douleur explose dans ma main, pour refluer aussitôt. Boden me replie légèrement les doigts, pour former un réceptacle dans lequel mon sang s'accumule doucement, liquide doré et lumineux.

Pendant que je contemple l'étrange phénomène qui transforme mon sang en or fondu, Boden a remonté sa manche pour exposer l'intérieur de son avant-bras. J'oublie un instant ma coupure en découvrant les dizaines de cicatrices alignées depuis sa paume jusqu'au pli de son coude. Des lignes droites de trois ou quatre doigts de largeur, qui barrent son bras comme s'il s'était servi de sa peau pour compter les jours. Certaines sont pâles dans la lumière orange qu'émet le vieil homme. D'autres, sombres et plus épaisses, je les soupçonne d'être les plus récentes. Boden choisit un endroit, près de son poignet, et entaille.

Cette entaille-là n'est pas comme les autres : elle commence au poignet et remonte vers le pli du coude, dans le sens du bras. Boden appuie fort, et quand la lame s'immobilise, à mi-chemin du coude, le sang coule déjà, orange comme du métal en fusion.

Boden passe le couteau à sa ceinture. Je n'aime pas le savoir armé, là, à mes côtés, à l'endroit même où il a assassiné tant de mes camarades. Alors quand il s'agenouille à l'intérieur du cercle, je fais de même à l'extérieur du tracé. Pour le moment la ligne verte n'est qu'une frontière symbolique, mais si nous réussissons elle redeviendra une prison. Et je n'ai pas l'intention de m'y enfermer, surtout pas avec ce vieux fou et son couteau.

Mon geste n'a pas échappé à Boden, mais il hoche la tête, comme s'il approuvait.

Peut-être est-il simplement satisfait que je me mette au travail ?

Quoi qu'il en soit, avec ses doigts et son sang il commence à dessiner par terre. Les tracés ne signifient rien pour moi, mais ils ressemblent à ceux que j'ai vus dans la cabane du vieil homme. Encore des runes, porteuses d'une magie oubliée de tous sauf de Boden. Une nouvelle secousse fait frissonner la forteresse. Je n'ai pas le temps de rêvasser.

Je trempe le bout de mon index et de mon majeur dans le liquide doré qui suinte de ma paume, et me mets à l'ouvrage.

Utiliser mon sang pour dessiner un cercle magique sous la forteresse du tsar, c'est la chose la plus étrange que j'ai faite de toute ma vie. Et pas la plus aisée, non plus. Car si le cercle est tellement imbibé de vieux sang que le bois en est saturé, là où j'ai brisé le tracé avec le couteau, où j'ai raclé le bois et creusé les planches, je me rends vite compte que le bois est assoiffé, et que les quelques gouttes que retient le bout de mes doigts sont loin de suffire à le satisfaire. Qu'à cela ne tienne, je fais couler le liquide directement de ma paume sur le sol. Le filet est mince, Boden n'a pas coupé profondément, se contentant d'entailler les petites veines qui courent sous ma peau, sans atteindre les tendons, ceux qui font bouger les doigts et qui font la vie d'une couturière. Alors quand le sang cesse de couler, je termine mon ouvrage en plaquant ma main sur le tracé. Et ça fonctionne : la ligne dorée connecte les deux extrémités de la ligne verte, et les deux couleurs se mêlent en un vert printanier et rayonnant.

À l'intérieur du cercle, Boden aussi a terminé ses dessins. Agenouillé, les mains reposant sur ses cuisses, il a les yeux fermés, le visage vide de toute expression. Je vois ses lèvres bouger, mais n'entends toujours rien.

Quand il lève les mains vers le ciel, j'ai l'impression qu'il brille plus fort. Puis il frappe le sol avec les deux paumes. Les dessins explosent en lumière aveuglante et impriment leurs angles en lignes bleutées à l'intérieur de mes paupières.

Quand je rouvre les yeux, le cercle pulse de cette même lumière vive, bleutée comme les éclairs qui poignardent les nuits de Saint-Pétersbourg. Le ronflement du feu résonne à nouveau autour de moi, et les tentacules de Volos se tordent et se tendent vers le haut, vers le ciel, mais surtout vers les habitants de la forteresse. Le cercle est refermé, mais la forteresse est toujours en danger.

42 - BODEN

Boden regarde la gamine refermer le cercle. Elle a eu la bonne idée de s'installer à l'extérieur, ce qui veut dire que le sceau ne va pas la considérer comme son dû. Non, la seule victime qu'exigera la magie, c'est le vieil homme. Et c'est très bien comme ça.

Les runes brillent doucement. À une époque, quand Boden utilisait son propre sang, les runes brillaient comme de petits soleils. Mais il se fait vieux, et avait dû injecter trop de son énergie vitale dans les rituels des dernières décennies. Désormais son sang n'émettait plus qu'une lumière crépusculaire.

La gamine, elle, avait toute l'énergie de sa jeunesse, mais elle avait raison : cette énergie ne servait à rien quand elle était volée, et non offerte. « Quelle ironie, se dit Boden, que ce soit cette couturière sortie du fin fond de la Russie qui me rappelle à l'ordre, et m'explique la nature du sacrifice. »

Il ferme les yeux pour mieux se concentrer.

« Odin, toi qui as créé les humains et qui règne sur nos destinées, toi qui maîtrises les cieux, prête-moi la force. »

Il sent l'énergie se masser en lui. Une puissance qui ne lui appartient pas, mais qui lui est aussi familière que sa propre peau. Et pour la première fois depuis longtemps, elle l'emplit avec la fougue d'un torrent au printemps. Après des années à se contenter de filets de puissance, Boden retrouve ses sensations d'autrefois. Lui qui croyait que son grand âge était responsable de l'affaiblissement de sa magie.

« Encore une raison de penser que la gamine est dans le vrai : Odin a deviné mes intentions, et il approuve. »

Ou bien il sent que l'ennemi est sur le point de s'échapper, et il a décidé d'intervenir. Dans les deux cas, Boden reprend espoir.

Le vieil homme applique la puissance recueillie sur les runes, et les sent exploser de magie alors que le cercle s'active à nouveau.

La barrière pulse devant lui. Hors du cercle, la gamine ouvre des yeux ronds. Boden n'a pas envie de lui infliger ce qui va suivre. Mais il n'a pas envie de rester seul, non plus.

Il se redresse, lentement. Son cœur bat fort dans sa poitrine, plus fort qu'il n'a battu depuis bien longtemps.

Ce tremblement de ses mains, était-ce la peur ?

Boden voudrait pouvoir dire qu'il ne craint pas la mort. Mais l'heure n'est plus aux mensonges.

La douleur ne l'inquiète pas, et il ne craint pas de rater son coup. Si quelqu'un sait comment prendre une vie, c'est bien lui.

Alors quoi ?

« J'ai peur du grand vide et de la nuit, après. »

Les guerriers qui périssent au combat vont au Valhalla. Mais où vont les prêtres qui ont échoué dans leur mission ? Va-t-il descendre aux Enfers, là où la déesse Hel préside aux destinées des morts ? Ou va-t-il être aspiré par la porte, comme les esprits de tous les sacrifiés avant lui ? Va-t-il passer le reste de l'éternité en compagnie de son ennemi et de ses victimes ? La perspective du sort qu'ils lui réserveraient envoie une vague de bile jusque dans sa gorge. Il se force à déglutir, et à envisager l'alternative.

L'ennemi a réussi à ouvrir un, peut-être deux des sept verrous qui le maintenaient dans sa prison. Déjà il a projeté sa forme nébuleuse dans le monde des humains. Il influence les esprits les plus susceptibles, et déclenche le chaos. Une fois enflammé, le cœur des humains ne s'éteint pas de lui-même. Le chaos entraîne le chaos, et chaque instant qui passe fournit plus d'énergie à Volos. Ce n'est qu'une question de temps avant qu'il ne réussisse à briser les derniers verrous de sa prison. Et quand il sortira, Boden sera tout en haut de sa liste. L'ennemi n'est pas connu pour sa clémence. Il se vengera des siècles pendant lesquels Boden l'a maintenu en prison. Aucun sort ne peut être pire que ce que Volos lui fera subir. Après quoi il s'attaquera aux autres, à tous les autres humains. Boden doit agir, tout de suite.

Pour refermer le dernier verrou de la porte, il faut un sacrifice. Un vrai sacrifice, le don volontaire d'une vie. Et à cet instant, Boden est le seul capable de faire ce don.

Quelqu'un viendra-t-il lui succéder? Sans doute le tsar se lancera-t-il à la recherche d'un autre prêtre. En trouvera-t-il? Boden ne peut que l'espérer.

Le sol tremble sous ses pieds, et il sent, au fond de ses tripes, l'approche de l'ennemi. Il n'a plus le temps de tergiverser.

Il cherche le regard de la gamine, de l'autre côté du cercle, et le trouve.

Boden saisit l'instant précis où elle comprend. Quelque chose passe dans son regard, de la surprise, puis, il ose l'espérer, une étincelle de respect. Infime, peut-être, mais c'est plus qu'il n'en mérite.

La corde est restée à terre. Boden en attrape l'extrémité,

fait passer le nœud coulant autour de son pied. Il serre juste assez pour s'assurer qu'elle ne glissera pas. Il désigne le pilier où est attachée l'autre extrémité, et la gamine hoche la tête. Brave petite, elle sait ce qu'elle doit faire.

Il prend le couteau. Son manche, maintes fois usé, maintes fois remplacé, se loge parfaitement au creux de sa main.

Il y a un endroit, à la base du cou, où l'artère affleure sous la peau.

« Odin, donne-moi la force… »

Le vieil homme croit entendre le tonnerre gronder, mais peut-être n'est-ce que la forteresse qui s'écroule au-dessus d'eux.

« Eux. »

Car il n'est pas seul, en ce dernier instant. Il s'accroche au regard de la gamine, et appuie sur la lame.

43 - NINA

Le vieil homme s'écroule au centre du cercle, alors que le sang s'échappe de son cou en jets orange incandescent.

Quand il a passé la corde à son pied, j'ai compris. Maintenant je décroche l'autre extrémité du cordage et je tire, de toutes mes forces. Je suspends le cadavre du vieil homme comme il a suspendu ceux de ses victimes, comme le boucher suspend le cochon fraîchement égorgé. Mais le cochon n'a pas manié la lame. Boden, lui, a donné sa vie. Après avoir assassiné tant de femmes innocentes, il a enfin compris.

Juste avant de se trancher la gorge, il a cherché mon regard. J'imagine qu'il n'a pas voulu mourir seul. Je ne sais pas s'il mérite le moindre pardon, mais je n'ai pas voulu lui retirer ce réconfort. J'ai soutenu son regard. Maintenant j'observe, alors que la vie le quitte. Il tourne lentement au bout de la corde. Un instant, je devine encore la présence de Boden dans les yeux grands ouverts. Puis son visage échappe à mon regard.

Son sang jaillit en jets de plus en plus faibles, tombe au centre du cercle, et s'écoule le long des rigoles creusées dans le bois. Quand le corps se tourne à nouveau vers moi, son regard s'est éteint. Boden est mort.

Par terre, son sang dessine les tracés complexes du sceau, et c'est comme voir du métal en fusion couler dans un moule. Quand le tracé tout entier brille d'un éclat de feu, je retiens mon souffle.

Rien.

L'incendie vrombit toujours.

Les tentacules de fumée se tendent toujours vers le ciel, traversent toujours le plancher, et j'imagine que là-haut, les illusions de Volos continuent de semer le chaos.

Puis un frémissement. Le plus léger des courants d'air sur ma nuque. Et soudain un hurlement qui me traverse tout entière, me tord les tripes, me jette à terre.

Autour de moi, Volos se débat.

Les tentacules s'enroulent autour des piliers comme pour s'y accrocher.

Alors j'y crois : Boden a réussi, il a réparé son mystérieux piège magique, et Volos va être aspiré dans les profondeurs de sa prison.

Mais tout s'arrête.

Et puis les tentacules reprennent leur progression vers le haut, vers l'extérieur, vers le monde.

Vers Mikha.

Au bout de son fil, Boden tourne lentement sur lui-même. Le sang n'a pas fini de s'écouler de sa gorge, mais le corps du vieil homme n'émet plus qu'une lueur rougeâtre, comme une braise sur le point de s'éteindre. Son sacrifice n'a pas suffi.

Le cercle est là, devant moi, et je n'ai qu'à tendre la main pour sentir la pression de la magie.

Je pense à Mikha.

Je pense à Baba, et à tous ceux que j'ai laissés derrière moi.

Je pense à mon père, qui est parti un jour, qui nous a abandonnées pour poursuivre un rêve insensé, un mirage de liberté.

Et je fais un pas en avant.

Le cercle se referme sur moi comme une nasse invisible.

Le couteau gît dans une mare de sang, là où Boden l'a laissé choir. Je le ramasse.

Je ne connais pas la magie à laquelle le vieil homme a fait appel. Je ne connais ni sa langue ni sa religion.

De l'au-delà, je ne sais que ce que raconte le prêtre, à l'église.

Des anciens dieux, je n'ai entendu que quelques histoires, transmises par Baba en contrebande. Alors je prie comme je peux.

« Perun, dieu du tonnerre et protecteur des hommes, donne-moi la force de protéger les miens. Guide ma main, et fais que mon sacrifice ne soit pas vain. Repousse Volos aux tréfonds de l'océan, là d'où il n'aurait jamais dû sortir. »

« Mon Dieu, vous qui êtes grand, puissiez-vous me pardonner. Je suis une bonne chrétienne, et je ne pratique pas la magie. Mais je ne sais pas quoi faire d'autre. Comme ton fils a donné sa vie pour racheter nos péchés, je vais donner la mienne pour protéger ceux que j'aime. »

« Sainte Marie, veillez sur Mikha. Elle est intelligente et généreuse, trop généreuse pour ce monde. Elle aura besoin que quelqu'un veille sur elle. »

L'image de Mikha me fait vaciller.

Boden est resté debout jusqu'au dernier moment. Je n'ai pas son courage. Je m'agenouille. Les sanglots me ferment la gorge, mais je sais que si je me laisse aller à pleurer, je n'aurai plus la force…

Alors je pense à Mikha, et je me laisse tomber sur la lame.

44 - NINA

J'ai mal, mais pas longtemps.

Après, j'ai peur.

Je sens la vie couler hors de moi, me filer entre les doigts.

Plus moyen de faire machine arrière.

Sous ma joue, le sang poisseux, le sol rugueux. Et un battement, comme le cœur d'une bête immense et endormie.

La magie.

C'est le sceau qui se nourrit de mon sacrifice.

Le cri de rage de Volos me traverse comme une tempête.

Un coup de tonnerre lui répond, et l'odeur de l'orage

vient se mêler à celle de la mort et du sang.

Un courant aspire Volos vers le centre du cercle, vers le bas, là, sous ma joue. Le dieu sombre hurle et lutte, mais cette fois il n'est pas de taille.

Perun est satisfait. Il a enfin eu son sacrifice. Pas la vie de victimes terrifiées, offertes par des hommes qui ne donnaient rien d'eux-mêmes, mais deux vies offertes librement, par devoir et par amour; l'une vieille et pleine d'expérience, l'autre jeune et passionnée. Je sens le feu céleste s'abattre sur moi, et le sceau de Perun s'enflammer. À cet instant, je sais que Mikhaela et toutes les autres sont en sécurité. Que plus personne ne sera assassiné ici.

C'est la dernière de mes pensées vivantes.

L'instant d'après je quitte mon corps. Je suis, moi aussi, aspirée par le sceau. Et je comprends.

Je comprends pourquoi Boden était si sûr que les spectres n'étaient pas des revenants : les âmes de ses victimes ne peuvent pas hanter la forteresse. Pas parce que le vieil homme « savait ce qu'il faisait » et s'était arrangé pour ne pas laisser de fantômes le tourmenter. Mais parce qu'une fois leur vie sacrifiée, ses victimes voyaient leur âme elle aussi condamnée. Condamnée à une éternité emprisonnée avec un dieu ancien et terrible, un dieu mauvais et en colère. Un dieu qui s'est fait passer pour Olga afin de me manipuler.

Est-ce que ça veut dire qu'Olga est là-dessous, avec toutes les autres? Combien d'entre nous ont-elles été ainsi condamnées? Sont-elles conscientes, là, tout en bas? Qu'est-ce que Volos leur a fait? Qu'est-ce qu'il va nous faire?

Sans corps pour ressentir d'émotion, sans tripes pour s'enflammer à ces pensées, je ne peux pas dire que je suis en colère. Je ne ressens plus vraiment de peur, non plus. C'est déjà ça. Peut-être mon éternité se passera-t-elle à subir avec un ennui détaché les rages d'un dieu frustré.

Mais soudain une main se tend, et je l'attrape.

Ce n'est pas une main à proprement parler, et mon âme n'a pas de doigts pour la saisir. Mais c'est l'impression que j'en ai.

Un homme se tient devant moi. Il est jeune. Il a de longs cheveux blonds, et des yeux d'un bleu extraordinaire. Ce sont ces yeux que je reconnais.

Boden me sourit.

— Accroche-toi, gamine. Toi et moi, on ne va pas par là.

Une amarre lumineuse retient Boden à un pilier, et je m'agrippe à lui, je m'ancre dans son regard, et il me retient.

Ce vieux renard a réussi son dernier tour de passe-passe.

Il nous a liés à la forteresse pour nous éviter d'être aspirés dans les abysses. Ça ne rachète pas ses fautes. Mais ça nous permettra de garder un œil sur cet endroit.

45 - NINA

Les habitants de la forteresse passent le reste de la journée à lutter contre le feu et les effets des illusions de Volos.

Les soldats qui ont tué Piotr sous le coup de la rage gisent sur le quai. Le tsar avait donné des consignes claires aux officiers. Il n'aime pas les déserteurs, surtout au milieu d'une bataille. Les fantômes des soldats flottent au-dessus des navires qu'ils n'ont pas pu atteindre de leur vivant. Ils ont assez vite découvert qu'ils pouvaient flotter au-dessus de l'eau. Ils ont mis plus de temps à comprendre pourquoi ils ne pouvaient s'éloigner de l'île.

— Ils sont prisonniers de cet endroit, me dit Boden.

— Pour toujours ?

— Tant qu'il y aura une forteresse, j'imagine.

— Comme nous, alors ?

Le fantôme m'adresse un sourire un peu triste :

— Oh non. Nous, nous resterons ici tant que la prison de Volos sera sous nos pieds. Même quand la forteresse ne sera plus qu'une ruine. Même si la mer recouvre cette île. Autant dire qu'on n'est pas près de s'en aller.

Je regarde les spectres des déserteurs. Certains tentent toujours de traverser la Neva. D'autres hurlent leur frustration en silence. Certains se sont repliés sur eux-mêmes dans un coin du quai.

— J'imagine que c'est mieux que ce qui nous attendait en bas, dis-je.

— Je ne sais pas, avoue Boden. J'ignore ce qu'il se passe, là-dessous. Je sais juste que... Je n'ai pas voulu prendre le risque. Et la porte a besoin de gardiens.

— Que va-t-il se passer, maintenant ?

Boden tourne son attention vers la cour intérieure, et je le suis.

La cabane du vieil homme et les cuisines ne sont plus que des tas de bûches carbonisées d'où s'élève encore un peu de fumée. Des équipes de serfs épuisés, hommes et femmes mêlés, continuent d'arroser les décombres fumants. Ils se passent des baquets d'eau de mer en une longue chaîne depuis la grève.

Dans un coin de la cour épargné par le feu, des soldats

alignent les cadavres. Certains sont affreusement brûlés. D'autres n'ont pas été touchés par les flammes. Ce sont les victimes du chaos créé par Volos. Des camarades se sont entretués, comme les gardes devant les appartements de la tsarine. Certains, saisis d'une panique incontrôlable, se sont jetés du haut des remparts dans la mer et se sont brisés sur les rochers. Piotr est là. Son fantôme arbore la même moustache que de son vivant, mais ses yeux brillent d'une lueur mauvaise difficile à soutenir. Boden m'entraîne loin de l'officier. Même mort, Piotr reste un animal dangereux.

Boden balaye la cour du regard.

— Tu cherches quelqu'un ?

Pour toute réponse, il m'entraîne à l'intérieur de la forteresse. Nous traversons les murs comme s'ils n'étaient pas là. Ça devrait probablement me mettre mal à l'aise, mais je m'y fais déjà.

Le tsar a rejoint la tsarine dans sa chambre. Ils sont seuls. Lui, le visage et les mains couverts de suie, a roulé les manches de sa chemise jusqu'aux coudes. Elle, l'ourlet de sa robe taché de sang, vient de se laisser tomber dans un fauteuil. Elle est très pâle. Sa main se porte à son cou, là où pendait la croix d'ambre qu'elle m'a donné. Ses doigts se referment sur le vide.

— C'est le seul moyen ? souffle-t-elle.

Il s'assied à côté d'elle, lui prend la main avec douceur :

— Boden a disparu. Il a probablement brûlé dans sa cabane. À moins que le démon ne l'ait tué. Je peux me mettre à la recherche d'un autre sorcier, et il reprendra les sacrifices, mais…

La tsarine serre les lèvres, et secoua la tête de gauche à droite, presque imperceptiblement.

— Non, dit-elle d'une voix ferme. Ce démon a fait assez de victimes innocentes.

— Si nous effectuons ce rituel, il risque d'y avoir de nouvelles victimes. Elles seront innocentes… et seront nos enfants.

Je me retourne vers Boden :

— De quoi parlent-ils ? Ils veulent sacrifier leurs propres enfants ?

— C'est un rituel que le tsar et moi avons mis au point, explique le vieil homme. Il s'agit de lier le sang des Romanov au sceau. Le verrou tirerait sa magie de la force de tous les Romanov en vie.

Je secoue la tête. Je n'y comprends rien, et je ne sais même pas quelle question poser. Boden explique encore :

— Il ne s'agit pas de les tuer pour verser leur sang, comme je l'ai fait si longtemps. C'est plus… comme un parasite. Oui, c'est ça : le sceau se nourrirait de l'énergie vitale de tous les Romanov. Plus la famille est nombreuse, plus la charge est répartie.

— Et cette « charge », ça consiste en quoi?

— Difficile à affirmer avec certitude. Répartie sur beaucoup de personnes, ça peut passer inaperçu. Sur une famille moins nombreuse, ce serait une santé plus fragile, plus susceptible à la fatigue et à la maladie.

— Et sur quelques personnes seulement? Sur de jeunes enfants?

Il fait une grimace :

— Les plus fragiles peuvent mourir, oui. C'est bien pour ça que le tsar n'a pas voulu mettre cette solution en œuvre jusqu'à aujourd'hui.

Devant nous, le tsar et la tsarine sont silencieux, leurs regards perdus dans le vide. Puis la tsarine se redresse :

— La question ne se pose pas, dit-elle. Assurer la sécurité de notre pays, nous sacrifier pour lui si besoin, telle est la mission que le Ciel nous a confiée. À nous, et à nos descendants.

Ils se lèvent en même temps, sans se lâcher les mains. Le tsar embrasse la tsarine avec fougue, et je me détourne un instant.

Nous suivons le couple dans le couloir, le grand escalier, jusqu'à une petite pièce du rez-de-chaussée. Un bureau chaleureux, avec des tapis au sol et plus de livres que je n'en ai jamais vu. Le tsar prend une lampe-tempête sur une table, l'allume avec son briquet d'amadou. Il empoche une petite bougie, puis soulève un tapis, révélant une trappe.

La tsarine ne recule ni devant le trou béant, ni devant l'odeur âcre qui en sort, ni devant l'obscurité. Elle descend l'échelle à la suite de son époux. Nous nous contentons de passer au travers du plancher.

La lampe du tsar révèle les hauts piliers de bois et le double plancher sur lequel repose la forteresse. Je trouve l'endroit paisible sans les tentacules, la fumée noire et les illusions de Volos. La tsarine, elle, pousse une exclamation de surprise.

— Êtes-vous souvent venu ici ? demande-t-elle.

Il secoue la tête :

— J'ai laissé Boden faire ce qu'il avait à faire. Je… Je dois avouer que je ne voulais pas voir ce qu'il se passait ici.

Le tsar allume la bougie et la dépose au pied de l'échelle. Il tourne sur lui-même un instant. Il semble désorienté. Enfin, il prend la direction approximative de la spirale de cadavres.

La tsarine a sorti un mouchoir qu'elle se presse sur le nez. Le tsar et elle marquent un temps d'arrêt quand ils aperçoivent la première carcasse. Leurs mains se retrouvent, et il l'entraîne en avant.

— Nous devons suivre la spirale, chuchote le tsar.

Lui dont la voix tonne d'habitude semble ne pas vouloir déranger le silence des lieux.

Je peux voir leurs silhouettes se charger en énergie à mesure qu'ils progressent dans la spirale. Quand ils parviennent au centre, ils luisent d'un orange puissant.

La tsarine pousse une nouvelle exclamation en découvrant nos deux corps. Je ne me sens pas très à l'aise moi-même. Le tsar, lui, jure à voix basse.

— J'imagine que nous devons remercier ce vieux fou pour le calme qui est revenu sur la forteresse, dit-il.

— Lui et cette jeune fille, dit la tsarine. Mais… s'ils ont refermé le sceau, devons-nous encore accomplir ce rituel païen ?

Le tsar semble réfléchir un instant.

— Oui, dit-il. La porte est refermée pour l'instant, mais nous savons que Volos cherchera à nouveau à sortir, et le sceau devra encore être alimenté.

Elle pousse un soupir et carre les épaules :

— Je suis prête.

Le tsar sort d'une poche un petit carnet. Il le consulte un instant avant de le ranger.

— Donnez-moi votre main, dit-il.

Elle pose la main dans la sienne. Il la retourne, paume en l'air, et tire un poignard de sa ceinture. Il entaille la paume de la tsarine, puis la sienne. Il mêle ses doigts à ceux de la tsarine, et leurs sangs se mélangent.

— Répétez après moi, dit-il avant de lancer d'une voix forte : Moi, Piotr Alekseïevitch Romanov, tsar de notre sainte Russie et protecteur de mon peuple, lie mon sang à ce sceau. Que ma vie et celle de tous mes descendants alimentent sa magie, et gardent son prisonnier à jamais dans les profondeurs.

Sa voix porte dans l'immense espace, et me traverse comme… comme une caresse, un contact réel et vivant. Ces mots sont plus que des sons : une volonté, une énergie… de la magie.

Le tsar se tourne vers la tsarine. Elle hoche la tête et dit à son tour :

— Moi, Catherine, née Marthe Hélène Skavronskaïa, tsarine de notre sainte Russie et protectrice de mon peuple, lie mon sang à ce sceau. Que ma vie et celle de tous mes descendants alimentent sa magie, et gardent son prisonnier à jamais dans les profondeurs.

— Depuis Ivan le Terrible jusqu'au dernier des Romanov, ajoute le tsar.

La tsarine répète la formule d'une voix forte.

L'énergie des paroles de la tsarine s'ajoute à celle du tsar. Leurs ondes se combinent et se renforcent, et un instant la crypte semble briller comme un soleil. La lumière se concentre sur le tracé du sceau, autour de nos corps sans vie, et je me dis que nous ne nous sommes pas sacrifiés pour rien.

— Et maintenant? souffle la tsarine.

Le tsar consulte à nouveau son carnet :

— Rien, dit-il. Nous remontons au grand jour, nous reconstruisons la forteresse, et plus jamais nous ne mettons les pieds ici.

Ils repartent le long de la spirale, laissant une partie de leur énergie derrière eux. Elle s'accroche aux carcasses comme une brume incandescente dans les arbres. Quand le couple émerge de la spirale, ils chancellent. Mais ils ne ralentissent pas le pas, retrouvent leur échelle grâce à la lueur de la bougie, et remontent sans un mot.

— Je ferai condamner les accès, murmure le tsar en replaçant le tapis sur la trappe.

ÉPILOGUE

— Est-ce qu'il savait qu'il nous condamnait tous? demande un garçon maladif.

Comme à chaque fois qu'elle raconte cette histoire, Nina ment :

— Probablement pas.

La petite fille trop pâle relève le menton :

— Il serait fier de nous, tu crois?

— Tu sais bien que oui.

Les fantômes ne pleurent pas, mais Nina détourne un instant le regard. Aux pieds des remparts, des soldats s'agitent comme des fourmis. Nina les observe un moment, pour éviter de penser à ces enfants trop pâles que le sceau a vidés de leur énergie vitale, jusqu'à la mort.

Tous les enfants du tsar n'ont pas succombé, loin de là. Nina se demande parfois pourquoi certains ont survécu, et pas d'autres. Boden n'a jamais su le lui expliquer.

Mais les petits fantômes attendent la fin de son histoire. Ils la connaissent, bien sûr. Elle leur a raconté mille fois. Et pourtant, elle poursuit :

— Le lendemain, le tsar a ordonné d'édifier la cathédrale à la place de la petite église de bois, juste au-dessus du sceau. Elle est magnifique, toute en pierre et en dorures. Je n'avais jamais rien vu d'aussi beau.

Rien, à part le sourire de Mikhaela, bien sûr.

Quand Nina l'a laissée dans les appartements de la tsarine, avec Ielena, Madame et Yulia, elle ne pensait qu'à assurer sa sécurité immédiate. Ielena s'est chargée du reste.

— Mikhaela et Ielena sont devenues les meilleures amies du monde, reprend Nina. Toutes deux se sont occupées de Yulia et de son enfant pendant les mois qui ont suivi la naissance. L'enfant — un garçon — est venu au monde trop tôt, et bien trop petit. Yulia l'a nommé Mikhael. Elle l'a gardé contre elle pendant trois semaines, et l'a gavé de lait et d'amour.

Les enfants sont suspendus aux lèvres de Nina. Cette partie de l'histoire les fascine toujours. Nina poursuit :

ÉPILOGUE

— Mikhaela l'a aidée de son mieux. Au village, Mikha était l'aînée de sa famille. Ce n'était pas le premier prématuré dont elle s'occupait. Et celui-là, elle était décidée à ne pas le perdre. Elle était têtue ma Mikha, et douée avec les gens, même avec les bébés. Tant et si bien qu'elle a été promue au service des enfants de la tsarine. C'était juste avant que tout ce beau monde quitte la forteresse.

Les enfants hochent la tête. Ils connaissent l'histoire aussi bien que Nina. Mais ils aiment tellement l'entendre. Elle poursuit :

— Le beau palais que Mikha avait admiré, sur l'autre rive de la Neva, a été achevé quelques années après ma mort. Le jour où il est devenu résidence impériale, j'ai dû faire mes adieux à Mikhaela. Je l'ai regardée partir avec la suite de la tsarine. Après ça, les choses sont devenues plus calmes, par ici. Pour un moment, du moins.

Par une étrange ironie du destin — ou un humour un peu obscur du tsar —, la forteresse dressée au-dessus de la prison de Volos est devenue, elle aussi, une prison. Une prison pour nobles trop indépendants, pour agitateurs politiques, pour intellectuels désobéissants. Pour membres du gouvernement…

Quant au beau palais qui faisait rêver Mikha, il porte désormais les traces des obus lancés depuis la forteresse. Car les Russes s'entretuent.

Nina se tourne vers la cour. Ceux que l'on appelle bolchéviques ont renversé le pouvoir du tsar. La forteresse a changé de mains si souvent ces derniers mois, que les fantômes qui la hantent ne cherchent même plus à comprendre qui désire quoi. Ils savent simplement que depuis les abysses, Volos étend de nouveau son influence. La lignée des Romanov est affaiblie. Dans les couloirs de la forteresse, on murmure des menaces glaçantes. Il faudrait les passer par les armes, tous autant qu'ils sont.

Les petits fantômes aussi ont entendu ces menaces. Tous les soirs, ils prient pour leurs lointains cousins. Parce qu'ils savent que les enfants méritent un sort plus doux que le leur. Et parce qu'ils ignorent ce que fera Volos si un jour le sceau venait à se rompre. Ils l'ignorent, mais Nina l'imagine bien. Le dieu sombre aime la violence. Elle le soupçonne d'être le responsable du chaos actuel. Elle est mieux placée que personne pour connaître l'efficacité avec laquelle Volos peut manipuler les mortels, même depuis les profondeurs de sa prison. S'il parvient à convaincre les bolchéviques de tuer les derniers Romanov, le sceau sera détruit, l'influence du dieu sombre grandira, et le chaos avec elle. Et s'il se libère, il plongera la Russie dans le pire des cauchemars.

Quand une série de morts suspectes endeuille son campus, la jeune Prudence est projetée au cœur d'une lutte sanglante entre deux forces surnaturelles.

Face aux soupçons de son entourage, à la ruse d'un démon, et à ses propres doutes, Prudence pourra-t-elle protéger ses amis, sa vie, et son essence même?

Après les terribles événements du Mardi gras, Prudence n'a qu'une envie: retrouver son existence tranquille d'étudiante sans histoires. Hélas! les serpents qui la possèdent ne lui laissent aucun répit, pas plus que la police, qui la soupçonne de meurtre. Prête à tout pour retrouver une vie normale, Prudence accepte l'aide d'alliés qui pourraient se montrer trop dangereux pour elle.

Face à la plus grande menace qui a jamais pesé sur le campus, Prudence et ses alliés doivent décider ce qu'ils sont prêts à sacrifier… et surtout qui ils sont prêts à sacrifier. Certaines vies ont-elles plus de valeur que d'autres? Pour sauver ses amis, jusqu'où Prudence devra-t-elle aller?